「あなたとの結婚に誰からも
文句を言われないくらい、
立派なお店にしてみせるわ！」

マックス
フローレスがコーヒー豆を
仕入れているお店の跡継ぎ。
温厚な青年。
グレタ
王宮で働いている
フローレスの友人。
交友関係が広く、
様々な情報を知っている。
ライアン
騎士団の若き出世頭として
有名な公爵令息。
フローレスの恋人。
フローレス
超前向きな男爵令嬢。
婚約破棄の慰謝料を元手に、
幼い頃からの夢だった
カフェ経営をスタート。
Character

ロドリー
騎士団所属で、
ライアンの同期。
カトレア専属護衛隊の隊長。
キース
ライアンの弟で、
カトレアの幼馴染。
文官。
カトレア
第一王女。素直で、
少し世間知らずなところも。
フローレスのカフェを
気に入った様子で……？

「結婚しよう、フローレス。夢に向かって突き進むキミを愛しているよ」
「……私もあなたを愛してる。必ず幸せにすると誓うわ」

めでたく婚約破棄が成立したので、自由気ままに生きようと思います

2

Toma Riko
当麻リコ
ill. 茲助

I'm happy to be broken off my promise of marriage, so I'm going to live freely.

CONTENTS

プロローグ

Prologue

店内の隅々まで入念にチェックして、モップを片手に短く嘆息する。

厨房《ちゆうぼう》は完璧に磨き上げられ、新しく導入したばかりの冷凍庫はピカピカと輝いている。

テーブルも椅子も修繕が施され、再びお客さんが座るのを今か今かと待ち構えているようだ。

「……うん、こんなものかしら」

ようやく納得がいって、満足感に胸を張る。

それからモップを片付けて、店のカーテンを一気に開けた。外は綺麗《きれい》な青空で、まるで私とこの店の再出発を祝福されているかのようだ。

晴れやかな気持ちでカウンターに戻り、内側の棚からコーヒーロースターを取り出す。

それを見て、思わず口元が綻んだ。

昨夜マックスが届けてくれた、珍しい豆を焙煎《ばいせん》するのが楽しみで仕方ない。

用意していた小さめの麻袋をいそいそと開封して、ロースターにコーヒー豆をセットする。

マックスは深煎りがお勧めだと言っていた。一体どんな香りがするのだろう。

逸《はや》る気持ちを抑えて火を入れる。

取っ手を掴《つか》み、手回し式のロースターを回転させ始めると、ほどなくバチバチと豆の弾《はじ》ける音が聞こえてきた。

無心でその音に聞き入っていると、ここ数ヶ月に起こった様々な出来事が脳裏に思い浮かんでは消えていった。

本当に、いろんなことがあった。

今更ながらに実感して、苦笑する。

豆の色が濃くなって、パチパチという音が一段と高くなる。香りが深くなって、徐々に好みのものへと近づいていくのをじっくりと堪能する。

大丈夫。きっとうまくいく。ライアンの隣に立って、誇れる自分になるのだ。

自己暗示でもなく、無理に奮い立たせるでもなく、自然にそう思えた。

ロースターが奏でる軽やかな音に耳を澄ませながら、そっと目を閉じる。

そうして私は、こうなったきっかけとなる日のことを思い返して、また少し苦笑をこぼすのだった。

第一章

Chapter One

「それじゃあ、また」

「ええ。いつも家まで送ってくれてありがとう」

日暮れと共に別れの挨拶をして、ライアンに礼を言う。

暮れたとはいえ今は秋の終わりで、まだ人通りの多い時間だ。それなのにライアンはいつだって私を家まで送り届けてくれる。

それがなんだかくすぐったくて、私は未《いま》だに面映《おもは》ゆい気持ちで頬が熱くなってしまう。

「大切な女性をエスコートするのが紳士の務めだ……というのは建前で、少しでも長くフローレスといたくて」

キリリとした表情をすぐに緩め、ライアンが眉尻を下げて肩を竦《すく》めた。

その言葉に、頬の熱がさらに増す。

想《おも》いが通じ合ってからのライアンは、素直というかストレートだ。言葉足らずや分かりづらい態度によるすれ違いが、少しでも起こるのが嫌なのだという。その意見には大賛成だけど、それにしても率直過ぎると思う。

恋愛には淡白な方だと思っていたけれど、さすがにこんな熱烈な言葉を受けてさっさと帰そうと思えるほど冷めた女ではない。というか、私がそうしたくて仕方ないのだ。

「あの……夜は冷えるし、温かいお茶でも飲んでいかない？」

遠慮がちに尋ねると、ライアンがパッと顔を輝かせた。

「もしかして心を読んだ？」

それから照れたように微笑《ほほえ》んで、私の頰に軽くキスをした。

ああ可愛《かわい》い。

もう何度も見た表情だというのに、きゅっと胸が疼《うず》く。

こんな些細《ささい》なことでさえ幸せを感じられるのが不思議だ。

ライアンを好きになってから、自分の知らない一面がどんどん明らかになっていくのがいっそ面白かった。

ライアンと付き合い始めてから半年が経《た》つ。

週に二度ほど交わされる、閉店間際のわずかな時間の逢瀬《おうせ》。デートは月に一、二回だけ。その頻度が多い方だとは思えない。会えない間は寂しいし、もっと一緒にいたいとさえ感じていた。

だけど今自分は間違いなく幸せの絶頂にいると思う。

長年の夢だったカフェ経営は順調で、身分の差に悩むことはあれど最高の恋人がいて。

こんな日々がずっと続くといい。

そんな能天気なことを思っていた。

◇◇◇

「お待たせいたしました」

営業時のかしこまった態度で淹《い》れたての紅茶を差し出せば、ライアンが不遜なお客様のフリで「うむ」と感じ悪く頷《うなず》いた。

思わず笑うと、ライアンも小さく噴き出して洗練された貴族特有の優雅な仕草でカップに口をつけた。それから満足げな嘆息と共にカップが置かれるのを、隣に腰掛けながらじっくりと眺める。

そこにいるだけで絵になるほどの美男子だ。

「ライアンの指導のおかげでだいぶ紅茶の淹れ方上手《うま》くなったと思わない？」

「俺のというよりは、うちの執事の、だけど」

謙遜して言うライアンは、相変わらずの紅茶派だ。断然コーヒー派の私としてはもっとお勧めのコーヒーを飲んでもらいたいのだけど、無理強いをするつもりはない。むしろ飲まず嫌いに近かったライアンが、私の淹れたコーヒーだけは好きだと言って、たまに自らの意思で注文してくれるのが嬉《うれ》しかった。

それに私もライアンとの付き合いの中で紅茶の良さに気付いて、今は勉強中だ。

ライアンに淹れたものと同じ紅茶を飲みながら、その芳《かぐわ》しさに思わずため息が出る。

「はぁ……美味《おい》しい……」

「そうだろう？」

うっとりと呟《つぶや》くと、ライアンが得意げに頷いた。

これはお客さんに出す茶葉とは違い、ライアンがプレゼントしてくれた貴族御用達《ごようたし》の高級茶葉だ。美味しくないわけがない。私がライアンをコーヒー派にしようと密《ひそ》かに企《たくら》んでいるのと同じように、ライアンも私を紅茶派に染めようと狙っているのだろう。

「あいにくだけど、ドリンクメニューの比率は変わらないわよ？」

「残念。見抜かれていたか」

私の言葉にライアンは特にがっかりした様子もなく笑い、つられて私も笑ってしまう。

もちろん本気でライアンがそんなことを企んでいるとは思わない。彼はいつだって私の店への思いを理解しようとしてくれるし、自分のためにそれを曲げさせようとはしなかったから。

しばらくおしゃべりは続いて、もう夜も更けてきているというのに名残惜しさでスマートな会話の切り上げ方を忘れてしまっていた。

「……フローレスといると幸せ過ぎて、時間があっという間だ」

それでも紳士なライアンは、切なそうに時計を見てそう言った。

「もうこんな時間なのね……気付いていたけど」

我ながら白々しい言葉だったので、すぐに本当のことを白状する。

「あははっ。実は俺もずっと前から気付いてた」

目尻に笑いジワを刻んで、ライアンが私の手にそっと触れる。

遠慮がちに繋《つな》がれた手は心地いい体温を伝えて、ますます離れがたい気持ちになる。

帰らないで。

そう言いたいのをグッと堪《こら》えて、次に会う日の約束をする。

デートの終わりは毎回こんなふうだ。

「こんなに可愛い恋人を置いて帰ってしまうのね」

「ああ、無念でならないよ。心が引き裂かれるようだ」

クスクスと笑いながら、冗談のように本音を言い合う。

いつもはそれが別れの合図になるのに、今日はライアンの手が離れていかなかった。

「……本当に幸せだ。ずっと一緒にいてほしい」

真剣な口調と表情でライアンが言う。

繋がれたままの手が、ライアンの口元に引き寄せられた。

「……それってプロポーズ？」

胸の高鳴りを誤魔化すように茶化して言うと、ライアンは至極真面目な表情で「まさか」と否定した。

　そりゃそうよね。

そう言って笑おうとしたけれど、上手く言葉は出てこなかった。

自分で冗談にしようとしたくせに、本気で返されて勝手に傷付くなんて。

なんて馬鹿なのだろう。

だって公爵家嫡男だ。結婚相手を一時の恋愛感情で軽々しく決めることは許されていない。

ワガママ坊ちゃんだったリカルドとは違い、ライアンは公爵家の長男としてしっかり堅実に生きている。当主の許しもなく、庶民同然の女に求婚などするわけがない。

もちろん本気で愛してくれているのは理解しているし、誠実なお付き合いをしてくれているのも実感していた。私だって同じくらい彼を愛しているし、遊びなんかでは決してない。

ただ、貴族にとって恋愛と結婚は別物なのだ。公爵家の後継者となれば尚更《なおさら》に。

周囲からの頭ごなしの否定なら戦う覚悟もあるけれど、当の本人が二の足を踏むのなら私にそれを止める権利はない。

早く「変なこと言ってごめん」と笑い話にしなくては。

「プロポーズは日を改めてきちんとするつもりだ」

「……うん？」

そう思ったのに、返ってきたライアンの言葉に一拍置いて首を傾《かし》げる。

悲壮感が顔に出ないようにということで頭がいっぱいだったせいか、反応が遅れてしまった。

その反応をどう解釈したのか、ライアンが照れくさそうに微苦笑を浮かべる。

「いや、今更だな。すべきことをして、準備が整いつつあるのが嬉しくて抑えが利かなくなってしまったようだ」

「え……？　準備、って、どういう……っ」

珍しく興奮気味なライアンの発言が、上手く理解できずに言葉に詰まる。

彼はそんな私の混乱を察したのか、宥《なだ》めるように私の手に口付けた。

それから照れたように一度目を逸《そ》らしたあと、真《ま》っ直《す》ぐに私の目を見据えた。

「結婚してほしい。キミさえ許してくれるのであれば、すぐにでも」

それから噛《か》み締めるようにゆっくりとその言葉を紡いだ。

情けないことに、私はぽかんと口を開けて間の抜けた顔を晒《さら》すことしかできなかった。

ライアンの表情は至って真剣で、冗談を言っている様子はない。どうやらさっきの言葉は聞き間違えでも幻聴でもなく、本気だったらしい。

「ちょ、ちょっと待って、急すぎない？」

ならばますます困惑してしまう。

もちろん求婚されるのは嬉しいし、ライアンが望むのなら私はそれに応えたい。けれどそれに伴う困難や乗り越えなければならない壁があまりにも多い。

それが分からないほどライアンは世間知らずではないはずだ。

「性急なのは承知の上だが、どうしてもフローレスと共に生きる権利をもらい受けたい」

真っ直ぐな言葉にクラクラと眩暈《めまい》がする。

私は息継ぎも忘れて、ライアンが「冗談だよ」と言うのをひたすらに待った。

「面倒な手続きその他諸々《もろもろ》は全て俺が請け負う。根回しも説得も問題ない。フローレスはただそのままでいてくれればいいんだ」

彼は私が庶民でも構わない、それでも結婚したいと思ってくれているのだ。その先に待ち受けているだろう苦難もきっと、彼なら一緒に乗り越えてくれる。それは疑いようもなく信じることができた。

だけど。

「お願いだフローレス。朝起きてすぐキミの顔を見たい。どこに出掛けても帰る場所はキミのもとでありたい。我儘《わがまま》だろうか」

情熱的なその瞳に、すぐにでも頷いてしまいそうになるのを堪えた。

「……ごめんなさい、少し考えさせてほしいの。その、お店のこととか」

贅沢《ぜいたく》なことを言っている。立場も弁《わきま》えず、自分勝手なことを。

公爵家の人間にこんなに求められて躊躇《ためら》うなんて、他の人間が聞いたら卒倒するだろう。もしかしたら身の程知らずの勘違い女と罵倒されることだってあるかもしれない。

だけど躊躇《ちゅうちょ》するのは、相手が公爵家だからこそだ。

結婚となれば、私は公爵夫人としてクリフォード家を盛り立てるために尽力せねばならない。ライアンとの未来を考えるのならばいずれそうなるのは理解できるし、彼と一緒になれるならばその苦労もやぶさかではない。

だけど正直、そんな覚悟はまだできていなかった。

だって毎日がただ幸せだったから。

お店が上手くいっていて、ライアンが笑ってくれて、穏やかな半年間だった。そしてそれはこれからも続いていくのだろうと、何の根拠もなしに考えていた。

心身共に満ち足りて、これからもっと店を良くしていこう、きっと良くできると確信さえしていた。

いつか彼のご両親に結婚の許しを請いに行く日が来るであろうことを漠然と考えてはいたけれど、まだずっと先のことだと思っていた。いいや覚悟なんて大嘘《おおうそ》で、ただ目を逸らしていただけなのかもしれない。

それを思いもしない形で目の前に突き付けられて、動揺しているのだ。

このタイミングで結婚なんて。まだ何も成し遂げていない状態でしたら、きっと後悔が残るだろう。

ならばライアンに結婚後も店を続けさせてくれと頼むか。

そんなこと、考えるまでもなく無理だ。

だって次期公爵夫人が個人でカフェ経営なんてできるはずはない。貴族が働くのは卑しいとされているのだ。すぐに社交界で噂《うわさ》の的となるだろう。

それでも周りにカフェ経営を認めてもらいたいなら、それに足るだけの実績を作る必要がある。

悔しいけれど、今の私にそんな力があるとは思えなかった。

「すぐに畳むのは難しいと思うの。こんな状態じゃクリフォード家にも迷惑がかかっちゃう」

まるで子供の言い訳だ。どうにか店をやめるのを先送りしたいだけのくせに。

「そんな心配はしなくていい」

妙にきっぱりとした口調でライアンが言う。

どういうことかと顔を上げると、全てを受け入れるような優しい眼差《まなざ》しでライアンが私を見ていた。

「公爵家の家督は弟に譲ることになった」

「…………え？」

けれど、あまりにも予想外の言葉が聞こえて思考が停止した。

「そのための準備や手続きを今進めている」

「うそ……」

あっけらかんと言われて愕然《がくぜん》とする。

庶民に等しい女を妻にすることよりも、輪をかけて常識外れなことを言っている。

けれどとてもそうは思えないほどに清々《すがすが》しい顔で、ライアンは私を安心させるように笑みを浮かべた。

「嘘ではない。フローレスと交際を始めた時からずっと準備をしていた」

啞然《あぜん》として何も言えなくなる。

さっきからロクに言葉を発せていない私を宥めるように、ライアンが私の頬にそっと触れた。それに少しだけ励まされて、ようやくぎこちなく口が動いた。

「ど、どうして、なんで、そんなこと」

「キミと結婚するために公爵家の肩書は邪魔でしかなかったから」

照れ笑いを浮かべるライアンに、うっかり可愛いと思ってしまってから慌てて首を振る。

いやいやそこ照れ笑いするところじゃないから。

少しでも冷静さを取り戻したくて心の中でツッコミを入れる。

「もともと想いを告げようと決めた時から考えていたことだ。リカルドと同じことはしたくなかったから」

まさかフローレスも俺を想っていてくれたとは思わなかったが、と言って、あの日のことを思い出したのかライアンが目元を赤く染める。

ああもう可愛い。

なんでそんなに可愛いの。

やめてよ話の内容が全然可愛くないんだってば。

「だって、そんな、簡単に、いいの……？」

「もちろん簡単ではない。だが公爵家の人間でいることより、フローレスの方が大事だ」

大真面目な顔で言われて、なんだかこっちが間違っているような気になってくる。

「付き合う前からって、だって、上手くいくかも分からないのに？」

「フローレスでなければ結婚する意味もない。キミに振られたとしても他の女性とも結婚せず、どちらにしろ跡取りを残せない。それなら早いうちに放棄してしまった方が双方にとっていいだろう」

満点の回答を出したかのように得意げに言って、褒めてほしそうな顔をする。

いろんな言葉がグルグルと頭を回って、懸命にその言葉を否定するための正解を探した。

けれども答えはなかなか出てこない。

本当ならそんなことするべきじゃないと諫《いさ》めるべきかもしれない。

今ならまだ間に合うから、撤回して私を捨てろと諭すのが正しい行いかもしれない。

だけど私でないなら他はいらないのだと言って笑う愛《いと》しい人に、それでも否定できる人間なんて果たして存在するのだろうか。

「だからフローレス、店のことは心配しなくていい」

私の頬を撫《な》でてライアンが穏やかな声で言う。

「ここはフローレスの大切な城だ。キミの大事なものは俺も大事にしたい」

誠実な言葉は私の心臓を撃ち抜いて、今にも涙がこぼれそうだ。

「それで、フローレス」

私のために地位を捨てようとしている恋人が、後悔の欠片《かけら》も感じられない眩《まぶ》しい笑みで言う。

「俺と結婚してくれないか」

今すぐ頷いてしまいたい。

ライアンの胸に飛び込んで、末永くよろしくお願いしますと言いたかった。

ああだけどどうか早まらないでライアン。

「ほっ……」

本来なら頬を赤らめ涙を浮かべるべきシーンで、私の顔色はきっと真っ青だったことだろう。

「保留でお願いします！」

私の口から飛び出たプロポーズの返答は、我ながら最低最悪なものだった。

◇◇◇

その週は盛大な自己嫌悪からのスタートだった。

ライアンは「今日のことは忘れてくれ」となんでもない顔で帰っていったけれど、忘れられるわけもない。本当に、頭を抱えたくなるほど最悪の返事だった。

ただ、ライアンの申し出はありがたいし嬉しいけれど、やはり公爵家嫡男が家督相続権を放棄するというのはかなりの大事だ。すぐに返事ができるはずもない。

そもそも、よく考えたところで、自分にそれを背負い込むだけの覚悟と価値があるのだろうか。

一番のネックはそこだ。

父親が仕事の功績によって一代限りの男爵位を得たというだけの、庶民同然の娘。容姿も特別秀でているわけでもなく、スタイルもごく普通。若くして王都の一等地に自分の店を構えたのは唯一誇れることかもしれないけれど、それも全てが自分一人の力でというわけではない。むしろ悪運やら豪運やらが絡んだ強引な力業と言えなくもない。

私自身はこの現状になんら後ろ暗い思いはないけれど、他人からはどう見えるか。公爵家の嫡男が、別の公爵家の嫡男とひと悶着《もんちゃく》あった娘のところに婿入りだなんて。

だいたい、ライアンがどう考えていようと、公爵家の人間との結婚なんてただお互いの好きという感情だけで決められるものではない。弟に家督を譲るとか言っていたけれど、彼の両親が簡単に許すわけはないし、公爵家の人間の結婚ともなればきっと王族も関わってくるはずだ。

そんなの、絶対に反対されるのは分かり切っている。

「でもきっと、ライアンならそういうのも全部なんとかしちゃうんだろうな……」

ため息と共に開店準備の手が止まる。

それはもうほとんど確信に近かった。

ライアンならきっと家族とも王族ともきちんと話し合い、理解を得て、遺恨を残すことなく円満な解決へと導くことができるだろう。

私はそれを泰然と享受して、ライアンに変わらぬ愛を注げばいい。

そうすることが、ライアンを傷つけることも寂しい思いをさせることもなく済む一番の方法だと分かっているのに、どうしても簡単に頷くことができなかった。

だってそれではただの思考停止だ。ライアンに全てを諦めさせて、私だけが何もかもを手に入れるなんて。そんなの、本当に「幸せな結婚」と言えるだろうか?

彼は私が大切にしている店を心から大切に思ってくれている。そしていつだってそれを私ごと優先してくれる。

その気持ちは心から嬉しいけれど、それは彼の相続権を放棄させてまで守るべきものなのだろうか。

もちろん一時良ければそれでいいという軽い気持ちで付き合ってきたわけではないし、カフェは宝物だと胸を張って言える。けれどそれはあくまでも私にとってのことであって、ライアンに地位や家を捨てさせるほどのものだとは、残念ながら思えなかった。

それなりに固定客もついて売上も安定したけれど、私の店は王都全体から見ればようやく「まあまあ」くらいの立ち位置だ。ライアンの人生を懸けさせるには程遠い。

だからと言って、店を捨てて公爵家に嫁入りするというのもやはり違う。

じゃあどうすればライアンに良い返事ができるのだろう。

考えても、すぐには答えが出なかった。

◇◇◇

「それはフローレスが悪いと思うわ」

「分かってる」

ハキハキとグレタに言われて肩を落とす。

すでに片付けの終わった閉店後の店内で、とっておきのコーヒーを大好きな友人と飲んでも気分は一向に上を向かないままだった。そこにきてグレタのトドメの一言である。ますます自己嫌悪が深くなっていく。

「でもさ、貴族ってもうそれだけで色々な恩恵があるわけじゃない？　衣食住の心配がないのはもちろん、どこに行っても丁重な扱いを受けて、尊敬されて、しかもそれが子孫に至るまで保証されてる」

「まあ、そうね」

自身も貴族の娘であるグレタが、嫌味も謙遜もなくただ事実として頷く。

「でもカフェ経営者で労働階級でしかない私と結婚したら、庶民と同じ扱いになっちゃうのよ」

それって果たして耐えられるのだろうか。

ごく短期間ではあるが、私も貴族の暮らしを体験したことがある。花嫁修業と称してリカルドの家で教育を受けていたのだ。それはリカルドの暴挙に耐え彼の母のいびりに耐え、という屈辱と憤怒に満ちた日々だったけれど、ベッドはフカフカだったしメイドさん達《たち》は過剰なほどあれこれしてくれた。何より食事が極上だった。メイクもドレスもアクセサリーも、見栄《みえ》っ張《ぱ》りなスターリング公爵夫人がみすぼらしい庶民の娘を少しでもマシに見えるようにと、ふんだんに飾り付けてくれたおかげで、私でもそこそこの貴婦人に見えるほどだった。

息子を籠絡した憎い小娘にさえそれほどの財力をつぎ込むことができるのだ。彼ら自身にかけるお金なんて、私には想像もできないほどの額だろう。まあ、そんなお金の使い方だったから、今色々とピンチになっているのだけれど。

グレタによると、誰の目から見ても明らかに財政が傾いているのに、彼らは生活の質を落とすということができないでいるらしい。

それくらい生まれついての金銭感覚というのは覆せないものなのだ。

デートの時にライアンが贅沢をしているようには見えないし、私が作る料理をなんでも美味しいと言って食べてくれるけれど、それはたまにだから新鮮に楽しめるだけという可能性もある。

「うーん、私は実家で暮らしてた時より質素だけど、特に不満はないわよ？」

「それはでもやっぱりメイドさんとかはいるわけでしょう？」

王宮に文官として勤めるグレタは、父親が王都に所有する街屋敷で暮らしている。社交シーズン以外は親と離れて暮らしているものの、メイドもコックもいて庶民の暮らしとは明確な差がある。

「公爵家を出ても騎士のお仕事は続けられるみたいだけど、今後に影響が出ないなんて保証もないし……」

そこも気になる点だ。ライアンは非常に有能で、若くして騎士団の出世頭だというのは有名だった。エリートかつ実力者だらけの第一騎士団の中でも、団長、副団長に次いで第三席に位置するポジションだ。このまま順調にいけば、団長にだってなれるだろう。

だけどそれがもしクリフォード公爵家の名を捨てたことによって、出世の道を断たれたら。

「どうかしら。確かにスタートの時点では身分はかなり優位に働くと思うけど。その後の出世具合はやっぱり本人の資質によるものが大きいもの」

実際リカルドはあのザマだし、とグレタが笑う。

確かにリカルドは所属こそ第一だが、特に目立った功績もなく一騎士のままだ。

要は第一騎士団に配属されたのは家の力が大きいけれど、三席まで上り詰めたのはライアンの実力だと言っているのだろう。

「特に騎士団は実力社会よ。庶民出身でかなりの地位についた人もいるし、功績を認められて爵位を授けられた人もいるよ。そこは心配しなくていいんじゃないかしら」

その頼もしい言葉に少しホッとする。

実際に王宮で働いて色んな部署に携わるグレタの言うことだ。そこに嘘はないだろう。私との結婚でライアンが不利になることが少しでも減れば、私のこのモヤモヤした気持ちもマシになるのかもしれない。

「それにライアンって公爵家の嫡男として宮廷に出向いている時よりも、騎士団で活躍している時の方が断然生き生きしてるのよね。元から跡取りというものに執着はなかったんじゃないかしら」

貴族の家の長男に生まれて相続に執着がない人なんているのだろうか。

ただ、ライアンならそういうこともありえるのかもしれないとも思えるけれど。

「……そうだとしても、やっぱりご家族が反対すると思うの」

クリフォード家は家族仲がとてもいいと聞いている。親子間だけでなく兄弟間も仲が良く、王族との関係も良好で、ライアンの弟キースと第一王女のカトレア様は正式に婚約が決まっているくらいだ。

だけどもし私の存在が、その関係に影を落とすことになったら。

「うちは結構放任主義だからそこはなんとも言えないかなぁ」

「そうよね……」

お手上げといったポーズで言われて、私は再び肩を落とした。

同じ貴族としての意見が聞けたのはありがたかったけれど、やはり身分は違えど人それぞれ家庭それぞれということに変わりはないのだ。あくまでちょっとした参考にしかならないのが難点だ。

「分かんないなー。ライアンが問題ないって言ってるんだから、さっさと頷いて結婚しちゃえばいいのに。ライアンなら働かなくなる心配もないし」

腕組みをしながらグレタが首を傾げる。

手続きも根回しも大変な部分は全部やってくれて、店を続けることも許してくれて、将来性も抜群な男性に結婚を申し込まれて、即答できないなんて。

グレタが不思議に思うのもよく分かる。

面倒臭いことを言っている自覚はもちろんあるし、その上可愛げの欠片もない。

こんなの、プロポーズを保留した時点で愛想をつかされたって文句は言えないのに。

「フローレスの悩みは分からなくもない」

低い声と共にぬっと背後から伸びてきた太い腕が、カウンターテーブルに置いていたコーヒーサーバーの取っ手を摑《つか》む。今日はマックスの店へまとめて発注したコーヒー豆を、うちの倉庫に運び入れてもらっていたのだ。

「搬入ありがとう、マックス」

勝手知ったるマックスは、すでに空のコーヒーカップを手にしていて、サーバーに残っていたコーヒーを自分で注いだ。

「フローレスの悩みが分かるって、どうして?」

同性である自分が分からないのに、と不服そうにグレタがマックスに問う。

「俺も庶民側だから」

相変わらず無表情に言って、彼はグレタの隣の椅子に腰を下ろした。

「貴族のお嬢さんに惚《ほ》れても、その先は望めない」

「意外。そういうの気にしなさそうなのに」

社交性皆無のマックスとすっかり仲良しになったグレタが遠慮もなく言う。マックスは気分を害した風でもなく微《かす》かに笑って、何も言わずにコーヒーを一口飲んだ。

正直なところ、私も意外だった。

彼は私以上のコーヒーマニアだ。だからコーヒーのことしか考えていなくて、色恋の話なんてまったく興味がないんだろうと失礼なことを思っていたのだ。事実、これまでマックスとの会話はいつだってコーヒーに関することばかりだった。

そういえばつい最近も、グレタのお父様が旅行先で珍しいコーヒー豆を買ってきたから分けてもらったんだと嬉しそうに話していたっけ。いつの間に二人で会うほど仲良くなったのかは分からないけれど、グレタのコミュニケーション能力は異常に高いので驚くほどではない。

「自分の現状を卑下する気はないけどな。貴族暮らしに慣れた人間にここまで下りて来いとは言えないさ」

「じゃあもし、相手にこっちに来てって言われたら?」

グレタが興味津々といった顔で問う。それはコーヒー店を辞めて貴族に婿入りするということだろうか。

「さあな。店を継ぎたいとは思っているが、それに執着して関係に亀裂が入るくらいなら店を諦めるかもしれない」

「そうなの!?」

驚いて聞き返す。

コーヒーを愛しているマックスなら、一も二もなく珈琲《コーヒー》優先だろうなという予想は見事に外れたらしい。

「ああ。親父《おやじ》には悪いがコーヒーはどこででも学べる。フローレスと違って店自体にこだわりがあるわけでもない。何よりあそこは俺の店じゃなくて親父の店だ」

そこがフローレスとは違うかもな、と珍しく饒舌《じょうぜつ》にマックスが語る。

具体的に誰かを思い浮かべているような物言いに、もしかしてマックスにも思い当たる節があるのかしらと、自分のことで手一杯だというのに少しだけ興味が湧いた。

◇◇◇

風が冷たさを増して、冬の訪れを感じる昼下がり。

落ち葉を踏みしめながら、目的もなく公園の中を散歩する。

「こっちにおいでフローレス」

そう言ってライアンは私を抱き寄せて、自らが風上へと立った。

彼が巻いていたマフラーは私の首へと居場所を変えて、その肌触りの良さにうっとりしてしまう。

「ありがとう。でも、ライアンが風邪をひいちゃうわ」

「鍛え方が違うよ」

誇らしげに言ってライアンが微笑む。

プロポーズをされたあの日以来、ライアンと会うのは半月ぶりだ。

最近少し忙しいというのは聞いていたので、閉店間際の来店がないのは避けられているわけではないと分かっていた。けれど今日会うまではやはり不安だった。

本当は一度くらいなら来る時間を作れたのに、気まずくて来られないんじゃないかとか。愛想をつかされて次のデートの約束も反故《ほご》にされるのではないかとか。

自分がどうしたいのか定まらず、ライアンに良い返事もできないままなのに、嫌われたくないなんて都合のいいことばかり考えて悶々《もんもん》とした日々だった。

けれど幸いなことに、暗い顔をさせてしまっているかもしれないという心配は覆されて、ライアンはいつもの明るい笑顔で店まで迎えに来てくれた。

心底ほっとしたのは言うまでもない。

デートはいつも通りで、それなのに不安になるのは、私が後ろめたさを抱えているせいだろう。

ライアンは忘れてくれと言った通りあの日のことには一切触れず、仕事のことや最近の楽しかったことを屈託ない表情で話してくれる。

プロポーズの返事を要求することもなく、心境の変化があったかも聞かず、ただ私が心地いい一日を過ごせるようにしてくれるのだ。

けれどそうされればされるほど申し訳なさや疚《やま》しさが増していく。

もちろんライアンが本当に何も気にしていないわけがない。この穏やかな表情の裏に、きっと私以上の葛藤や苦悩が渦巻いていることだろう。

「そろそろ暗くなるな。時間は早いが、冷えるし今日はもう帰ろうか」

「……ええ、そうね」

会えなかった半月の間で秋はもう終わりを迎えていて、夕方に向かうにつれて気温がどんどん下がっていく。

互いの口数が減ってしまうのは、冷たく乾燥した空気のせいだと思いたい。

繋いだ手は温かく、それがまた無性に罪悪感を刺激した。

ライアンの言葉通りに忘れるなんてできるはずもなく、せっかくのデートだというのに私は余計なことばかりを考えて、まともに彼の顔を見ることさえできなかった。

店に寄ってもらうことも言い出せず、ライアンは気遣わし気な微笑を浮かべて帰っていった。

早く答えを出さなくては。

焦れば焦るほど、何が正解なのかが分からなくなった。

◇◇◇

それはキンと冷えた空気がわずかに緩んだ、小春日和《びより》の日のことだった。

開店からまだ間もなく、お昼前で店内にいるお客さんの数は少ない。

この店は通りに面した壁が一面ガラス張りになっていて、外の様子がよく見える。

そのガラスの向こうに、ふと影が差した気がして通りへと視線を向ける。

そこには黒ずくめの男が十人ほど並んで店内を覗《のぞ》くように立っていて、予想外の光景にびくりと肩が跳ねた。

「え……何アレ……」

同じく違和感に気付いたらしい常連さんの一人が、怯《おび》えたように呟く。

その言葉につられるように、他のお客さん達も窓の外を見て固まった。

黒ずくめと言っても、黒いスーツに身を包んでいるだけなのでそれだけでは怪しいとは言えない。

けれどどこか異様な雰囲気を放っているように感じるのは、その男たちが全ていかつい体つきと顔つきをしていたせいだ。

彼らは眼光鋭く店内の様子を窺《うかが》っている。

その男たちは、何かに気付いたように一斉に後ろを振り返った。そしてまるで扉が横にスライドするかのように男達が左右二つに分かれた。

固唾を呑《の》んで様子を見守っていると、その中央から女神のような女性がしずしずと現れた。

透き通るような銀髪が、風に揺れふわりと翻る。

それだけでそこにまるで別世界のような空気が生まれた。

男達が現れたのとは別の動揺が店内に広がる。

誰も言葉を発さない。皆その神々しさに見惚《みと》れているようだ。

かくいう私もその女性のおとぎ話の妖精のような容姿に、思わず口をぽかんと開けてしまった。

カラン、とベルの音が鳴る。それでようやくその妖精が店内に入ってきたのだと気付いた。

慌ててその女性のもとへ小走りに駆け寄る。

「いらっしゃいませ」

なんとか笑みを浮かべてそう言うと、彼女は深い青い目で私をじっと見た。透き通ったその色からはどんな感情も読み取れず、雰囲気に呑まれるように私は口を閉じた。

「なぜ黙るのです」

その人は高貴な生まれであることを一言で感じさせる。凛《りん》とした声で言った。

「も、申し訳ございません。何名様でいらっしゃいますか」

慌てて問うと、彼女はかすかに眉根を寄せてちらりと背後を見た。

私もつられてそちらに視線を移す。

そこでようやく気がついた。彼女のすぐ後ろに控えていた男性。それは店内を並んで覗き込んでいた黒ずくめの男達とは違い、どこか気品を感じさせる線の細い男性だった。女性と並ぶと、絵になると言うか華やかさを引き締める、何とも言えないバランスの良さがあった。

「二人です」

女性の代わりにその男性が言った。その声にピクリと耳が反応する。

もう一度改めてその男性をよく見る。

サラサラの黒髪に、柔和な顔立ち。それから黒に近い緑色の瞳。

強い既視感に襲われ、もしやという思いがその瞬間に生まれた。

慌てて再び女性に視線を移す。

彼女はどこか冷静な目で私を見ていた。明らかに初めて入った店の店員に対する目ではない。何かを観察するような、見極めるような。そんな視線だった。

もちろん初対面だ。初対面だけど彼女が誰なのか。気付きそうになって慌てて思考を止める。

「ではこちらのお席へどうぞ」

顔が引き攣《つ》りそうになりながらも、笑顔のままソファ席へと案内する。そこは予約のお客様だけの特別な席だ。けれど彼女にはきっとその席が正しい。本能的にそう感じた。

彼女はふいと私から視線を外すと、何も言わずツカツカとソファ席まで歩いていった。そのすぐ

後ろを黒髪の青年がついていく。私とすれ違う時に、チラリとこちらを見て微かにすまなそうな顔をしたのは気のせいだろうか。

「あちらはお連れ様ではありませんか」

水とおしぼりを出しながら遠慮がちに尋ねると、やはり女性はちらりとこちらに視線を向けただけで何も言わない。代わりに男性が少し焦ったように「まさか、違いますよ」と言って黒ずくめの男達から目を逸らした。

どうしよう困ったな。どう考えてもこの二人の連れ、いいや護衛であろう彼らは、無表情のままガラス窓の向こうに立ち尽くしている。その表情は一切緩むことなく、明らかに仕事人の顔だ。

正直、あんなところにあんな怪しい人たちが立っていたら営業妨害だ。

事実、常連の一人がちょうど店の前を通りかかり、彼らの姿を見てぎょっとした顔をして足早に立ち去っていくのが見えた。きっと彼らを見て店に入るのをやめたのだろう。

店内のお客さん達も戸惑った顔で私を見ている。

見知った顔ばかりだから、私に対して何らかの目配せを送ってくるのに曖昧な笑みを返す。そして彼らは、コーヒーを飲み終わったタイミングでそそくさと帰り支度を始めた。おそらく彼らもこの女性が誰かをなんとなく察しているのだろう。だってこんな目立つ容姿の女性、この国ではそう多くはないのだから。

時間帯的にただでさえ少なかった常連客たちが帰っていく。

そうしてあっという間に店内には彼女たち一組だけになった。

困ったなどうしよう。

思わず頭を抱えたくなる。

彼女達の目的は分からないが、このままでは商売あがったりだ。

とりあえず空いた席を片付ける前に、メニュー表を渡しに行く。

「お決まりになりましたらお声をおかけください」

そうして近づいて冷静に見ると、彼女は美しいだけでなく、どこか浮世離れした雰囲気を纏《まと》っていた。仕事中だというのに思わず見惚れてしまう。身分を隠すためだろう、美少女は庶民が着るような簡素なワンピースを着ているが、高貴な雰囲気は消しきれていなかった。

眉間にシワが寄ってても美少女なことに感動しつつ、メニューとにらめっこしている女性を横目に、店のドアを開いた。

「あの、お席空いておりますので、どうぞ中へ」

営業スマイルで言うと、まさか声をかけられるとは思わなかったのか、屈強な男たちが驚いた顔をした。そしてそれぞれに顔を見合わせ目配せし合うと、そのうちの一人が私の前に進み出た。

「いや私たちは店に用があるわけでは」

「いえ、そこに立っていられるととても迷惑なのでどうぞ中へ」

固い声で辞退を申し出る男に有無を言わせない笑顔で言うと、男が顔を引き攣らせた。

どうやら自分たちが非常識なことをしているのが分かる程度には常識があるらしい。

それはそうだ。怪しい見た目をしているが彼らは悪者ではない。彼らの正体には心当たりがあったし、よく見れば男達の中に見覚えのある人間が三人ほどいる。

彼らは観念したように巨体を丸め、おずおずと店内に足を踏み入れた。

全員が連れであると判断し、空いている席へ次々と案内する。

小さなカフェだ、外に見張りと思われる二人を残して、店内はあっという間に満席になった。

彼らは申し訳なさそうに椅子に座り、美少女の顔色をチラチラと窺いつつ、メニュー表を手にした。

無事に全席埋まったところで、少女と一緒にいた男性がこちらに向かって手を上げた。注文が決まったらしい。

伝票を手に近づくと、少女がようやく男性たちに気付いたようで目を丸くした。それは思いの外あどけない表情だった。けれど私の視線に気付いたのか、彼女はすぐに真顔に戻ってしまった。それから小さく咳払《せきばら》いをすると、「オーダーを」と短く言った。

「かしこまりました」

私はなんにも気付いていませんという顔でペンを構えながら、チラリと青年の方を見た。

この青年、どう考えてもライアンに似すぎなのである。

そして屈強な男達の中に、ライアンを見るための騎士団の修練見学に行った時に見かけたことのある何人か。

それぞれ別々の客を装っているが、どう考えてもライアンの弟のキース、それに一般人に偽装しようとして失敗している護衛騎士たちでしかない。

そんなムキムキな男たちに囲まれている女性なんて。

考えないようにしても強制的にその答えが脳裏によぎる。

彼女はつまり、キースの婚約者であり、我が国の第一王女でもある、カトレア王女その人なのではないかと。

ペンを持つ手にじっとりと汗が滲《にじ》む。

「この、本日のコーヒーというものを」

透き通った声が淀《よど》みなくそう言った。それを聞いて思わず聞き返しそうになってしまうのをグッと堪えた。

本日のコーヒーは、先日の仕入れの時にマックスにお勧めされて気に入って買ったものだ。

香りが強く、深煎りが適した、通好みのコーヒー。つまりカジュアルに好まれるものではなく、普通のコーヒーよりも苦みがかなり強い。

それをこの砂糖菓子の妖精みたいな美少女が飲むのか。

本当に大丈夫かしら。そもそもこの方、ご自分で注文とかされたことあるのかしら。

勝手にハラハラしながら青年の方を窺うと、ライアンを少し若くしてもうちょっと堅くした感じのその青年は、なんだか私と似たような表情をしていた。

「カト、……リーヌは、コーヒーはあまりお好きでは、好き、じゃないと、思いま、思う、ぞ」

それはもうぎこちない庶民的な言葉遣いプラス誤魔化しきれていない呼び名のせいで、残念ながら私の中でこのカップルがカトレア王女とキースだと確定されてしまった。

ということは店内の屈強な男たちは、やはりカトレア専属の護衛騎士だろう。

なぜうちの店に、と分からないほど鈍くはない。

カトレアの目的はきっと、婚約者の兄かつ幼馴染《おさななじみ》でもあるライアンが、市井の女に誑《たぶら》かされておかしくなってしまったと思い、その相手である私を偵察すること。

たぶん、ライアンが爵位継承権を放棄しようとしているのも伝わっているに違いない。

今にも逃げ出したかったが、カトレアは全然バレてないと思っている様子なので、素知らぬふりで接客をする。

キースや護衛騎士たちは幾分申し訳なさそうな顔をしているが、素性の知れぬ女店員への警戒を忘れてはいないようだ。外には周囲を威嚇するような眼光鋭い男が二人門番のように立っている。

あれは店に入り切れなかったわけではなく、周囲への警戒と牽制《けんせい》のためか。

「何なのです、コーヒーくらい飲めますわ。わたくしもう大人の女性なのですから」

ツンと澄まして、というよりはプンとむくれてカトレアが言う。その仕草があまりにも愛らしくて、そんな場合ではないというのに緊張も忘れてほっこりしてしまう。

もしかしたら最初の高貴な雰囲気は公務や余所行《よそゆ》きのもので、これは婚約者であるキースや親しい者の前でだけ見せる素の表情なのかもしれない。

その言葉に、キースは困ったように眉尻を下げた。

たぶん彼女はコーヒーを飲んだことがないのだろう。ライアンもそうだったけれど、王族やそれにつらなる高位貴族は基本的に紅茶を愛飲しているそうだ。ライアンの親しい人たちで、コーヒーを進んで飲む人は珍しいらしい。

「そこな店員。この者の言うことは聞かなくてよい。わたくしは本日のお勧めコーヒーを飲みたいのです」

意地を張っているというより、どこか挑戦的な視線が向けられる。私の反応を窺っているのだろうか。大袈裟《おおげさ》なほどに高圧的な口調は、あまり使い慣れていない感じだ。

これはやはり、私をライアンの恋人と知って偵察がてら牽制をしに来たに違いない。

「かしこまりました」

特に気分を害した風もなく、にこりと笑顔で返せばカトレアが微かに驚いたような顔をした。逆上して失礼な態度を取ると思ったのだろうか。期待に沿えなくて残念だが、高圧的で失礼な物言いなんて、過去に散々浴びてきたからこの程度では何も思わない。むしろ一生懸命失礼な態度を取ろうとしているけれど、根が善人なのか、早くもさっきの態度を後悔しているような顔をしていた。どうやら顔に出やすい性質らしい。

ライアン曰《いわ》く、家族に溺愛されて育ち、すくすく伸び伸び成長されているそうだから、きっと素直な方なのだろう。

「カトレ……ーヌさ、がそう言うなら……」

キースは諦め顔でそう言って、自分の分の紅茶を頼んだ。

またしてもまったく誤魔化しきれていない呼び方に、こちらもほっこりしてしまう。呼び慣れた名前、使い慣れた言葉遣いが染み込んでいるのだろう。

ライアンから聞いた話では、弟であるキースは大変優秀な文官だということだ。実直で勤勉な男だが、真面目過ぎるがゆえにやや融通が利かないのが玉《たま》に瑕《きず》、とも。

ここでカトレアの舌休め用に甘味の一つも頼めばいいのではと余計なおせっかいを考えてしまうが、もちろん口には出さなかった。

それから護衛の人たちにも順々に注文を聞いて、カウンター内の厨房《ちゅうぼう》に戻り優先順位を考える。カトレアとキースは最優先で同時に出す。他の方もみな飲み物だけだったから、そう時間はかからない。

みんなの視線からいって、カトレアのすぐ近くに座った、一番年上に見えるあの男性がきっと隊長格だろう。そこから入口に向かうに従って若くなっていく。

騎士団は序列が結構しっかりしているとライアンに聞いていたので、偉い人順に出していけば問題なさそうだ。

手を動かしながらそう見当をつける。

特に隊長格と思われる男性は、店全体に油断なく目を光らせて、不測の事態に備え常に警戒をしているようだ。体格もいいが眼光も鋭く、なんというか威圧感がすごい。きっと厳しい人なのだろう。

こっそり全員の様子を窺いながら、キースの紅茶とカトレアのコーヒーを丁寧に注ぐ。

「お待たせいたしました」

コーヒーをカトレアの前に静かに置きながら、笑顔で言う。

彼女は不機嫌そうに唇をへの字にしていたけれど、カップから漂う香ばしい匂いに気付いてすぐに口元を緩めた。

「ごゆっくりどうぞ」

紅茶をキースの前に置き、頭を下げてすぐにカウンターに戻る。

店内の視線が、カップを持ち上げたカトレアに集まった。皆、我が子を見守るかのような、温かくもハラハラした目をしている。

つられるように私もカトレアの様子を見守ってしまう。

彼女がカップに口をつけた。

「んぐっ」

瞬間、びくんと身体《からだ》が跳ねて、カトレアの身体が固まった。

案の定本日のコーヒーは彼女の口には苦過ぎたようで、じわじわと涙目になっていく。

王女様が一度口に含んだものを吐き出すなんてはしたないことができるはずもなく、彼女はカップに口をつけたまま身動きも取れないようだ。たぶん予想以上の苦味に混乱しているのだろう。

キースはその様子を見てオロオロするばかりで、対処法を提示できないでいる。

カトレアはようやく震える手でカップをソーサーに戻して、慌ててサービスのクッキーを口に含んだ。けれど一枚では足りなかったらしく、キースに助けを求めるような目を向けた。

本日のコーヒーは特に苦味が強めだったから、コーヒー初心者には難易度が高い。一応砂糖とミルクを置いてきたけれど、プライドが許さないのか、入れる様子はない。

「あの、僕のと交換しましょうか……?」

懇願の視線を向けられているキースは、自分の紅茶を差し出しながらそう言った。

違う、そうじゃない。

王女様が欲しているのはあなたのクッキーよ。

突っ込みたい気持ちを堪えて、護衛騎士たちの飲み物の準備を続ける。

案の定カトレアは涙目でフルフルと首を振って、カップになみなみと残っているコーヒーを絶望的な目で見つめていた。

なんだか可哀想《かわいそう》になってきてしまい、一旦手を止めて冷蔵庫を開けケーキを取り出す。

それから急いでカトレアの席へ向かった。

「ご一緒に本日のケーキはいかがでしょうか？」

苦いコーヒーに合う甘めのケーキだ。

「いただくわ」

私の問いに被《かぶ》せるような即答が返ってきて、思わずにっこりしてしまう。

「ありがとうございます」

営業スマイルではない、心からの笑みを浮かべてケーキを乗せた皿をそのまま提供する。カトレアは今すぐにでも噛《かぶ》り付きそうになるのを、王女の威厳に隠して耐えていた。

私が背を向けると、フォークが皿に当たる音が微かに聞こえた。同時に、緊迫感の漂っていた店内にホッとした空気が流れる。それで無事に彼女が甘味を口にすることに成功したのだとすぐに分かった。

「皆様もよろしければ、お食事のメニューもご覧くださいね」

そう言って、飲み物を提供しながら護衛騎士たちに言う。

「いや、せっかくだが我々は……」

「どうぞこちらです」

断ろうとするのを聞こえないフリで、テーブルの上にメニュー表を広げて見せた。食事メニューのページを見せると、押し殺したような野太い歓声が上がった。

「こっ、これは……」

屈強な男たちがごくりと生唾を飲み込む。

メニュー名だけをシンプルに並べる店が多い中で、うちのメニュー表は全てイラスト付きだ。

ライアンと一緒に喫茶店めぐりをした中で、食欲をそそるイラストを添えると購買意欲が上がると気付いて以来実践している。

絵の猛特訓をした甲斐《かい》あって、まさしく自画自賛だけど我ながらものすごく美味しそうだ。

「しかし、今は仕事でっ」

「忙しい方に適した、すぐに食べられるものもご用意しておりますので」

そう言ってもう一ページめくって見せる。そこにはサンドイッチやキッシュなどの軽食が載っていた。

それを見て迷うような沈黙が生まれる。

たぶんもう一押しだ。

正直、職務中だからと飲み物単品で終わられてはたまらない。

これからお昼の時間帯は稼ぎ時だ。それなのに店内を占領されて飲み物一杯だけなんて、商売人としては見逃せない。監視、あるいは観察されているのだろう自分の状況よりも、店の運営の方が大事だ。

「あちらのお客さまにもデザートにご満足いただけているようですし、当店自慢のお食事を是非」

追い打ちとばかりにカトレアの方をちらりと見る。

優雅ながらもなかなかの勢いでチョコレートケーキを口に運ぶカトレアが、視線が集まったのに気付いて動きを止める。スッと涼しい表情でフォークを置くが、ケーキはすでに半分ほどに減っていた。

「お口に合いましたでしょうか」

にこやかな笑顔を向けると、カトレアが気まずそうに目を泳がせた。

「そ、そうですわね、それなりに……いえ、とても……」

「他にもお勧めのデザートをご用意しておりますので、お連れの方もよろしければ」

「いや僕は甘いものは」

「そうなさいな、こういうお店で飲み物だけでは非常識ですもの！」

断ろうとするキースを遮ってカトレアが言う。たぶん、他のケーキにも興味を持ってくれたのだろう。嬉しいことだ。

それから再び隊長格へと視線を戻す。

お護《まも》りすべき方があぁ仰《おつしや》っていますし、少しくらいはいいんじゃないかしら。

言外にそう含ませて微笑むと、隊長格の男がぎゅっと眉根を寄せた。

案の定彼も空腹だったのか、イラストにそそられて目が離せない様子だ。

「……では、このサンドイッチを……と、ビーフシチューを頼む」

それでもすぐに食べられる軽食だけ、という意思を、ビーフシチューのイラストが塗り変えたらしい。トレイの後ろで小さくガッツポーズを作る。ビーフシチューは自信作だ。絵だけではなく、もちろん味も。

「あの、じゃあ俺も追加注文いいですかっ」

「俺もお願いします！」

それを皮切りに次々に声が掛かる。

隊長格が食事を頼むのを、固唾を呑んで見守っていたと思われる他の騎士たちが、隊長が頼んだなら自分たちも許されるはずと重めの食事を頼み始めたのだ。

目論《もくろ》み通りの流れに思わずニヤリとしてしまう。

やはり騎士の人達は体格もいい上に運動量も半端ないらしく、食事量も素晴らしい。

幸い、開店前に仕込んですぐに出せるようにしているメニューばかりの注文だったので、手際よく仕上げていく。さすがに偉い人順に出すなんて余裕はなかったから、出せるものからどんどん出していった。

店中にいい匂いが漂い始めて、かと思えばテーブルに並べた皿があっという間に空になっていく。すごい勢いだ。

ライアンが甘味布教委員会を結成したおかげか、デザートを頼む騎士も少なくない。

これは今日は早めの店じまいだなと、苦笑しつつもありったけの料理を仕上げていく。

目の回るような忙しさだったけれど、誰も彼もが気持ちのいい食べっぷりで、見ているだけで楽しかった。

カトレア王女が二つ目のケーキを食べ終える頃には、護衛騎士たちもすっかり満腹になったようで、満ち足りた顔で和やかな会話を始めていた。

ようやく給仕が落ち着くと、今度は外で見張っている護衛たちが羨ましそうに店内をチラチラ見ているのが目に入った。

「彼らにも椅子をご用意してよろしいですか？」

遠慮がちにカトレアに確認すると、彼女はオロオロとキースと私に視線を巡らせた。けれどやはりキースは助け船を求められていることに気付かず、きょとんとした顔で首を傾げるだけだった。

「なっ、なぜわたくしに確認するのです？　あなたのお店なのですから、好きになさい」

分かりやすく動揺して目を泳がせるのが微笑ましい。彼女が外の二人を気にしていたのを、見逃す私ではない。

「……ですが外は寒いですからね。立たせておくのは可哀想かもしれないわ」

遠回しな許可に、「ありがとうございます」と頭を下げる。

やはりカトレアも気になっていたらしい。優しい方なのだろうというのはすでに伝わっていた。

騎士たちが彼女に向ける目には、王族だから護るという騎士の責務以上の慕わしさが見えるから。

「それでは準備いたしますね！」

言って店の奥の倉庫に、予備の椅子を取りに行く。店内の椅子はもう満席なのだ。

二脚の椅子を両腕に持って店内に戻ると、カトレアが慌てて隊長格に視線を向けた。

「ロドっ、んんっ、そこの、身体の大きな殿方。店の者を手伝ってさしあげなさい」

「かしこまりました」

「あら、お気遣いありがとうございます」

完全に主従のノリなのに、あくまでも他人のフリを続けるのがもはや面白くなってきた。ツンケンして振る舞うのに、結局は気遣ってくれるカトレアのこともだ。

「これはどこに置けばいい」

「こちらでご相席させていただいてもよろしいでしょうか?」

隊長格のテーブルに少し余裕があったので問うと、彼はすんなり頷いてくれた。

外の二人を呼びに行くと、彼らは激しい抵抗を見せたが、カトレアが許可したことを告げると嬉しそうな顔をして店内に入った。

注文を聞いててきぱきと準備をする。

二人は隊長格と同じテーブルにつくことに恐縮していたけれど、ロドなんとかさんは飲み物だけで済ませようとした彼らに、ビーフシチューを勧めていた。余程気に入ってくれたらしい。

彼らが食事を終える頃には、私はもうすっかりこの団体客のことを好きになってしまっていた。

食後のコーヒーや紅茶までを終えて、和やかな空気のままお会計へと移る。

支払いをするキースの横で、カトレアが何か言いたげな顔で私を見ていた。

「お釣りお返しいたしますね」

釣銭をキースに返しながらチラリと彼女に視線を向けると、カトレアはサッとキースの背中に隠れたあとでコソッと顔を覗かせた。まるで好奇心の強い小動物のようだ。

「あのっ、あり、いえ、その、ケーキ……悪くありませんでしたわ」

最後に可愛らしい捨て台詞《ぜりふ》でも聞けるのだろうかと待ち構えていたのに、不意に褒められて思わずぽかんとしてしまう。

気恥ずかしかったのか、目を逸らして唇を尖《とが》らせる様が愛らしい。

「コーヒーもその、ケーキと一緒に少しずつ味わえば、悪くはないと申しますか……」

「ありがとうございます。次は是非、苦味の少ないコーヒーも飲んでいただきたいです」

「ううっ」

満面の笑みでそう伝えると、彼女は少し怯《ひる》んだように目を細めた。

「是非またお越しください」

「っ！　言われるまでもありませんわっ」

精一杯の威厳を見せたかったようだけど、なんだかすごく行きたいみたいな返事になってしまったことに気付いたらしく、すぐに顔が真っ赤になった。

「カトレア、それじゃものすごく来たいみたいだよ」

こんな時ばかりキースが冷静かつ的確に訂正を入れる。しかしうっかり名前を呼んでしまっているので減点だ。

後方で会計待ちをしている護衛騎士たちが、笑いを堪えてプルプルと震えている。

年齢的に公的な場に出ることはまだほとんどないけれど、これは間違いなく全国民に愛される王族となるだろう。

そんな予感を胸に、彼らが帰ったあとの店内を片付けるのは楽しかった。

◇◇◇

「カトレアが!?　本当に……!?」

「ええ、たぶんだけど……というか確実にご本人だと思うわ」

デートの途中に何気なく先週の出来事を告げると、ライアンが驚愕《きょうがく》に目を見開き足を止めた。

半月ぶりのデートでもライアンは相変わらずで、プロポーズのことになど触れもしない。あまりにも普通に接してくれるので、保留にしていることを忘れてしまいたくなるくらいだ。

「あなたそっくりの男の人と、それから真っ黒なスーツに身を包んだ逞《たくま》しい紳士たちが月の女神さまを囲んでいたもの」

「それは間違いなくカトレア王女御一行だな……」

かくんと肩を落とし、申し訳なさそうに眉根を寄せる。

「そんな怪しい団体が来たんじゃ、お客さんが逃げてしまっただろう」

あっさり状況を想像できてしまったらしいライアンが、「身内が迷惑をかけてすまない」と深く頭を下げた。

やはりライアンには内緒の訪問だったのだろう。彼はキースからもカトレアからも何一つ聞いていなかったらしい。

「迷惑だなんてそんなこと！　驚きはしたけど、楽しい時間だったわ」

王族と関わるのは初めてなので緊張したけれど、取り乱すほどではなかった。リカルドに始まり国を代表する高位貴族の面々と、それなりに深い関わりを持ってきたので、権力者に対する耐性はある方だと思う。ただ、真っ向から敵意を向けられるのはさすがに神経が削られたけど。

「その、たぶんだけどカトレアはなんというか……」

「私たちのお付き合いに反対なのよね？」

言いづらそうにしているライアンの言葉を、苦笑しながら引き継ぐ。

その通りだったらしく、ライアンは眉尻を下げた情けない顔になった。

「カトレアはいい子なんだが、陛下や殿下たちに可愛がられ過ぎて、なんというか少し世間知らずなところがあるんだ」

一国の王女様を「あの子」と言ったり「世間知らず」と形容したり。その親し気な言い方に、やり彼はそちら側の人間なのだな、と今更ながらに強く思う。

「貴族が貴族以外の人間というのが、上手く理解できないらしい」

「庶民と直接会話なんて、する機会もないでしょうしね」

揶揄《やゆ》でも皮肉でもなく、実際にそうなのだろうと思う。王族の中でも特別大切にされ、愛されてきた少女。汚いことから遠ざけられ、真綿で包《くる》むように育てられてきたはずだ。

「でも、失礼な態度をとられたりはしなかったわ」

その辺も教育が行き届いているのだろう。大切な身内を唆す女だとは言え、王族が庇護《ひご》し、正しく導くべき対象である国民でもあるのだ。いたずらに見下し、差別するようなことはしなかった。

敵意も警戒も最初だけ。すぐに彼女の本来の性質であろう素直さが見えて、微笑ましい気持ちになってしまったくらいだ。

ただ、偵察したいという気持ちも分からなくはないが、昼時に大人数を連れて店を占拠されるのはさすがに困りものだ。何よりあの団体の威圧感ときたら。

カトレアがいたから辛うじて高貴な女性のお目付け役たちという解釈ができたけれど、彼女がいなければならず者の集団が占拠する訳有りカフェだ。あれが続いたら店には誰も寄り付かなくなるだろう。

それが狙いだというのなら感心してしまうが、たぶん彼女はその辺のことは頭になかったに違いない。

カトレアにとって彼らは信頼できる護衛騎士だし、身分を考えれば街中を歩くにはあの人数を引き連れるのは当然のことだ。それが常識すぎて、自分が庶民の服さえ着ていれば彼らがいても紛れ込めると思っていたのだろう。

残念ながら、彼女一人で来たとしても彼女の異質さは隠しきれなかったけれど。

「俺からよく言って聞かせておくよ」

「そんな、いいわよ別に。むしろちょっと楽しかったし」

幼馴染のお兄さんを誑かす悪い女。どこの馬の骨とも分からない女に、舐《な》められないよう精一杯の牽制をしているのがよく伝わった。一生懸命ツンツンしていたせいで、本当は素直にお礼や謝罪ができずもどかしそうにしているのがたまらなかった。

「フローレスは本当に変わっているな」

私がカトレアについての印象を語ると、ライアンが嬉しそうに笑った。

「しかし、まさかカトレアが直接フローレスの店に押し掛けるとは……」

もっともな疑問に、少し申し訳なさを感じて肩を竦める。

「……たぶん、あなたとのことが心配だったんじゃないかしら」

そう呟いて、自嘲気味に笑う。

きっとガッカリさせたことだろう。王女様から見たら、私はどこにでもいるカフェ店員でしかないのを自分の目で確かめてしまったのだから。

「それならきっと大丈夫だ。実際のフローレスを見れば、カトレアも理解できたはずだ」

自信満々に言って、ライアンがぎゅっと私のことを抱きしめた。

「本当にそうかしら？　ライアンてば、私に対して採点が甘すぎるもの」

言いながら抱き返す。残念だけど、とてもそんな楽観的にはなれなかった。

確かにカトレアはとても素直でいい子そうだった。最初の高圧的な態度はただのポーズでしかなかったし、すぐに態度を軟化させてくれた。ただのお忍びでたまたま私の店に入っただけだとしたら、友人にだってなれたかもしれない。

けれどそうではないのだ。

カトレアの立場なら、私がライアンと付き合う前にリカルドと婚約していたことも知っているだろう。彼女から見たら、きっと私は権力者におもねって取り入る悪女にしか見えないはずだ。ただのカフェ店員よりよっぽど性質が悪い。

直接話をすることで多少は印象が良くなったかもしれないけれど、それで終わりだろう。

また会う機会があるなら誤解を解きたいような気もするが、明確に誤解とも言えないのが歯がゆいところだ。

だってプロポーズは未だ保留のままで、ライアンの申し出を受け入れることも別れることもしていない。ライアンが返事を急《せ》かさないのをいいことに、いつまでも中途半端にしていて、我ながらひどい女だと思う。

「ごめんね、ライアン」

　あまりの罪悪感に脈絡なく謝罪をすると、何に対してなのか分かっているだろうに、ライアンは気付かないフリで曖昧な笑みを浮かべた。

◇◇◇

　翌週、最低限の護衛とキースを連れたカトレアが再び店を訪れた。

　本当にもう一度来てくれるとは思っていなかったから、ドアを開けた瞬間固まってしまった。

　お付きの騎士は隊長格ともう一人で常識的な人数だったし、開店前だったこともあり他に人目がないので目立つことはない。ただ、よく見れば通りの向こうからチラチラとこちらの様子を覗《うかが》うスーツの男があちこち見えるし、彼らの纏う空気はやはり庶民のものとは一線を画しているのだが。

「本当に申し訳ございませんでした」

　彼女は扉を開けるなり深々と頭を下げて、謝罪の言葉を述べた。

「あの、どうかお顔をお上げください」

　カトレアに倣ってキースや護衛騎士たちも深く腰を折るので慌てて止める。

「いいえ、わたくしはとても愚かなことをいたしました。アークライト様のご迷惑を考えることもせず、好奇心の虜《とりこ》となってしまったのです……」

「ちっとも気にしていませんし、謝っていただくようなことはありませんので」

そう言ってもカトレアは頑《かたく》なに顔を上げようとしない。

「いいえ、庶民の方が王族に向ける言葉は真実ばかりでないと存じております。わたくしはそれを知りながら、アークライト様の言葉に甘えるわけにはいきません」

声がだんだんと涙交じりになっていく。どうやら本気で心から申し訳なく思ってくれているらしい。だけど残念ながら本当に全然怒っていないし、なんなら今のこの状況の方が余程困ってしまう。貴族や王族に追従する性質ではないが、こんな可愛らしい方に頭を下げさせるのはさすがに気が引けた。

「ちょ、ちょっと、キース、くん？　あの、カトレア様のことを止めてくれないかしら」

「やはり僕のこともお気付きでしたか。さすが兄の伴侶に選ばれるだけの方です」

「今そういうのいいから！　お願いだから本当に気にしてないってお伝えして！」

「殿下、アークライト嬢が困っておいでです」

収拾のつかなさに狼狽《うろた》え始めた私を見て、見かねた隊長格が口を挟んだ。それでようやくカトレアが慌てて顔を上げた。その可憐《かれん》な表情は今にも泣きだしそうで、何なら目には薄《う》っすら涙が滲んでいる。

「っ、本当に申し訳っ」

「ストップ!!」

すぐにでも始まりそうな謝罪を手で制する。先手を打たれてカトレアはどうしていいのか分からないようで、中途半端な姿勢で動きを止めた。

「謝罪はもう十分ですので……まずはそう、座ってお話をしませんか？」

笑いながらそう提案すると、彼女はハッとした顔になった。入口に立ちっぱなしだったことに、ようやく気付いてくれたようだった。


ドアに貸切のプレートを掛けて、外から見えないよう全窓にカーテンを引く。

今、店内にはカトレアとキース、それから隊長格の男だけだ。もう一人の護衛は、外の見張りの人達に現状を報告しに行っている。

私は紅茶とコーヒーを二つずつ淹れて、四人掛けのソファ席へと運んだ。

正面にカトレアとキース、隣に隊長さんというなんとも奇妙な席に腰を下ろす。

王女様に公爵家次男、そしてこの騎士さんもきっと高位貴族だろう。

なんだろうこの状況。深く考えたらダメな気がする。

「えー、それでは改めまして。フローレス・アークライトと申します」

確か貴族界では身分の低い者から話してはいけないとか色々なルールがあるが、あえて気にしないことにした。だってこの店は私のテリトリーだ。私は思考を放棄して、ただ初対面の人にするような普通の自己紹介をした。

「……カトレア・クレアシオンと申します。先日は名乗りもせずに大変失礼をいたしました」

叱責も覚悟の上だったけれど、彼女は眉をひそめることもせずに名乗り返してくれた。

「こちらはキース・クリフォード。わたくしのこっ、婚約者です。そちらはロドリー・コンバーチ。私の護衛をしている者です」

カトレアに紹介されて、二人が私に向けてぺこりと頭を下げる。

「お兄様、……ライアン・クリフォードに大切な人ができたと知って、どうしてもお会いしてみたくて、ご迷惑も顧みず、はしたない真似《まね》をしてしまったこと、どうかお許しください」

「いえですから全然……むしろカトレア様がいらっしゃったという噂が立って、お客様が増えてありがたいくらいです」

そう、彼女がこの店を訪れたという噂はその日のうちに広まっていた。きっとあの日に店内に居合わせた常連さんたちが発端だろう。口止めする間もなかった。

翌日再び店に来た彼らは、興奮した面持ちで「どうだった!?」と尋ねてきた。

もちろん王女様とて大切なお客様だ。個人情報を漏らすなんて言語道断、微笑で全ての質問を躱《かわ》したから、彼女がカトレア様本人だと特定できるようなことは言っていない。

けれど溢《あふ》れ出す高貴さに、私が何を言うでもなく彼らはすっかり確信していたようだ。

だからこんなに早く広まってしまったのだろう。

王女様の再来店を待ち望み、一目でもお目にかかりたいと思うお客さんで連日店には人が溢れている。初めて見るお客さんが増えたのは、そのせいだろう。

「そう、なのですか……？」

疑わし気に眉根を寄せながら、けれど本当にそうなら嬉しいとばかりに喜色を滲ませてカトレアの頬に微かに赤みが差す。

「ええ。ですから迷惑だなんてとんでもないことです」

苦笑しながら言うと、ようやくカトレアの表情が緩んだ。

「寛大なお心に感謝いたします……アークライト様にご迷惑がかかるようなことは二度としないと誓いますわ」

「あのー、そのかしこまった言い方やめませんか？　私はただのカフェ店員ですので」

さっきから丁寧すぎる話し方にずっとムズムズしていたので、思い切って言ってみる。一介の庶民である私に、王女様がここまでかしこまった言い方をする必要はまったくないのだ。リカルドのように庶民を見下せとまでは言わないけれど、これではまともに話もできない。

「ですが……」

カトレアは困ったように眉尻を下げて、キースをチラリと見た。

「アークライト嬢がそう仰るのならよろしいのでは」

「フローレスでいいんですけど」

「兄の恋人を名前呼びなんてできません」

何を当然のことを、とばかりにキースが慌てて首を振る。

どうやらキース自身は私に敵意はないらしい。初めて店に来た時から私への警戒心はゼロだったように思う。

大事な兄を誑かしているとは考えないのだろうか。ライアンが相続権を放棄した時、一番影響が出るのは彼だろうに。そのことに反感や戸惑いはないのだろうか。自分が家督を継ぐことを、手放しで喜ぶような単純な青年には見えないのだけど。

「とにかく、カトレア様はもう私に警告や引導を渡す気はない、という理解でよろしいのですよね?」

なんだかよく分からないけれど、カトレアの表情からは敵意や警戒というものがすっかり抜け落ちているように見える。もちろん隣に座るロドリーという護衛騎士も含め、もはやどう頑張っても彼らの中に私への悪意は見当たらなかった。

「警告!? なんのお話ですの!?」

尚《なお》も申し訳なさそうな顔をするカトレアに問うと、彼女は驚いたように目を丸くした。

「ライアンと付き合うのをやめろ、とかそういう」

「まさか! 誤解です!」

大慌てで首を振る。綺麗《きれい》なプラチナブロンドがキラキラと輝いて、まるで妖精の羽のようだ。

「なぜそのようなことを!?」

「先日いらした時、ずいぶんとお怒りのようでしたので」

「カトレア様は緊張しすぎるとお顔が険しくなるんです」

フォローするようにキースが言って、カトレアが照れ隠しなのか「もう！」と言いながら彼の肩をぺちんと叩《たた》いた。思いのほか年頃の少女らしい反応をするのが可愛らしくて、つい口角が上がってしまう。

「……実はほんの少しだけ。お兄様が貴族ではない方との結婚をお考えだと知って、心配で様子を窺いに来てしまいました」

正直に白状して、カトレアが申し訳なさそうに目を伏せる。

「公爵家の嫡男ばかり誑かす悪女を牽制しようとしたわけでもなく？」

どうやら純粋にライアンを心配していただけで、私に手切れ金をチラつかせたり脅したりして追い払うつもりはなかったらしい。

「違います！　むしろリカルドを撃退なさったお話が一番好きなくらいで」

「げほっ」

ホッとしてカップに口をつけた途端、予想外の名前を聞いて思わずむせる。

「わたくし、あの方が大っ嫌いでしたの！　幼い頃から散々いじめられてきましたし、かと思えばしつこく言い寄ってきたり……！」

憤慨しながら言うカトレアに深く納得すると共に同情してしまう。

リカルドの根性の悪さは筋金入りだ。小さい時から好きな子には全力で意地悪をしてきただろうことは容易に想像できた。それが成長と共に改善どころか悪化して、『意地悪』なんかでは済まされないほどのものになった。カトレアほどの美少女が身近にいて、あの男がちょっかいを出さないはずがない。

「私のしたことで、少しでもカトレア様のお気持ちを晴らすことができたのなら幸いです」

心から気の毒に思って言うと、彼女は嬉しそうに口元を緩めた。

「分かっていただけて嬉しいです。キースがずっと守ってくれていたので大事には至りませんでしたが。アークライト……フローレス様のように、自分で立ち向かいたかったですわ」

「呼び捨てで構いません。私には身分も立場もありませんから。やりたい放題だっただけです」

ついでに言うならあの時は守ってくれる人もいなかった。私自身が人質同然にされた家族を守らなくてはいけなかったぐらいだ。貴族全体を敵に回すことになろうと、もうなりふりなんて構っていられなかった。

幸い、実際はリカルドの家が貴族全体に嫌われていたおかげで、その後はすんなりと進めることができたのだけど。王都のいい土地に店を構えることにした時も、管理部署の貴族の方に友好的に迎え入れてもらえたくらいだ。

本当に、リカルドの家の人達はもうちょっと自分たちの振る舞い方を見直した方がいいと思う。

「フローレス、は、その後にライアンと出会ったのですよね？」

「ええ、その一年後くらいでしょうか……ただリカルドのことはさすがにやりすぎたみたいで、彼はその時の私を覚えていてくれたようです」

「素敵！　きっとその時にフローレスに一目惚《ひとめぼ》れなさったのだわ！」

名前呼びになったからか、恋の話になったからか、カトレアの口調がようやくだけ始める。それでも気品は失われないのはすごいが、彼女本来の性質が見えてきてなんだか嬉しかった。

「まさか。彼はこの店を気に入ってくれたようで、たまに休憩の時に立ち寄ってくれるようになったんです」

「では、そこからゆっくり恋を育んだのね？　それも素敵ですわ！　フローレスはいつ頃からライアンを好きになったの？」

「カトレア、そろそろ開店時間だろうからこれくらいで」

店内に掛けられている時計を見ながらキースが言う。

「まあ、もうこんな時間？　もっとお話ししたかったのに……」

カトレアの口調が親し気なものへと変わったからか、彼女に対するキースの口調も変化していた。きっと対外的なものから身内向けのものへ変わったのだろう。

「これ以上はまた迷惑がかかってしまう。陛下との約束の時間もあるし」

まだ帰りたくなさそうなカトレアを、宥めるようにキースが言う。

私としてはちっとも迷惑ではないのだけど、確かにもう人通りが増える時間だ。定休日でもないのにこの店がカーテンを閉め切った状態にしているのは珍しいし、噂はまだ色濃く残っている。物見高い人間が待ち伏せをするようなことがあれば、困るのはカトレアの方だ。

「先に店を出て様子を見てきます」

唐突に隣から声が聞こえてびくりと肩が跳ねる。

ずっと無言で、その上気配が希薄だったからすっかり存在を忘れていた。

ソファから素早く立ち上がったロドリーは、キビキビした足取りで入口に向かいそっとカーテンを引いて、隙間から外の様子を窺った。それから細くドアを開いて、するりとその身体を滑り込ませるように外へと出た。

「びっ、びっくりした……」

「うふふ、ロドリーは気配を消すのが上手いのですわ」

ドキドキする心臓に手を当てながら言うと、カトレアがいたずらっぽく笑った。

「ロドリーは陛下からの篤《あつ》い信頼を受けるほど優秀な騎士なので」

まるで自分のことのように誇らしげにキースが言う。

「あの、あなたは反対じゃないの？」

ふと気になって口にする。ライアンが家督を放棄するとして、まず真っ先に影響が及ぶのは次子であるキースのはずだ。

「兄とあなたのことですか？　なぜ反対すると？」

特に含むところもなく、キースが真顔で聞いてくる。

さっきも『兄の伴侶に選ばれた』と言っていたし、止める気はないらしい。

「ライアンは家を出ようとしているのよね？　もしそうなったら、あなたが大変になるんじゃないかしら」

「ああ」

私の言いたいことを理解してくれたようで、キースは納得したように頷いた。

もし本当にライアンが相続権を放棄したら、キースだけではなく彼と結婚が決まっているカトレアにだって余波が向かうことになる。

そのことに対し、何も思わないはずはない。

「正直、兄より僕の方が領主に向いていると思っているので」

「そうなの!?」

「ええ。文官として働いているので宮廷にも顔が利きますし、呼び出されてしぶしぶ行く兄に比べれば人脈もそれなりです。書類仕事は嫌いじゃありませんし、領地経営に関しても父から相談を受けることが多いですね。逆に兄はそんなに社交も好きじゃありませんし、民のために尽くすというより、ただ一人のために騎士としての誇りを貫くタイプでしょう」

気負いも誇張もなく言って、「例えばあなたとか」と微かに笑う。

「それに何より、ただの文官の妻より、公爵夫人の方がカトレアには合っているでしょう？」

「それは確かに」

最後の言葉の説得力に、深く納得してしまう。

「兄があなたを幸せにしたいように、僕も彼女を幸せにしたい。その手段がたまたま今回合致したというところでしょうか」

キースがさらりと言って、カトレアが隣で顔を赤くして俯《うつむ》いた。

どうやら兄弟そろってストレートな物言いらしい。

「……それでは、残念ですがわたくしたちはこれで」

本当に残念そうに言って、カトレアとキースが立ち上がる。

「お会いできて光栄でした。二度とご迷惑をおかけしないようにいたします」

「こちらこそ光栄です。次からはご予約いただけると嬉しいです」

私も立ち上がって言えば、カトレアがパッと顔を輝かせた。

「また伺ってもよろしいのですか……？」

「ええもちろん。大歓迎です」

笑顔で言えば、彼女の頬がポッとバラ色に染まった。

「嬉しい！　わたくし、このお店の雰囲気がとても気に入っておりましたの」

「ありがとうございます。そう言っていただけて私も嬉しいです」

「あの、では次はこの三人だけで」

「いいえ、カトレア様の身に何かあっては取り返しがつきません」

特に噂が広まっている今の状態では、護衛はできるだけ多い方がいい。王女様の足取りを知りたいのは、善良な市民だけとは限らないのだから。

「団体予約していただければ、その日一日貸切にさせていただきますので」

「嬉しいですけど、その、貸切となるとやはりご迷惑なのでは？」

「いいえ、騎士の皆さんはたくさん食べてくださいますので」

力強く言い切ると、カトレアが「なるほど……？」と納得できたようなできていないような曖昧な顔で首を傾げた。

実のところ、あの日の売上はかなり良かった。

この店に来るお客さんは基本的にドリンクとデザートのセットで満足されるご婦人方か、軽食とコーヒーのみで忙《せわ》しなく仕事に戻っていかれる紳士が多い。

そんな中で、身体を酷使して常にお腹《なか》を空《す》かせているような騎士たちが来てくれるのは非常にありがたい。たとえ一日一組の貸切にしようと、休日の売上に匹敵するくらいなのだから。

「それに、ご予約いただければカトレア様のお好みの飲み物とケーキをご用意できます」

ウィンクしながら言えば、カトレアが嬉しそうに唇を綻ばせた。

「わたくし、本当はコーヒーって苦手ですの……」

恥じらいながらまぶたを伏せて、自分の両手をもじもじと組み合わせる姿はとても愛らしい。ふとキースの方を見れば、私と同じく彼女を愛《め》でるような視線を向けていた。

「子供っぽい気がして恥ずかしくて」

「コーヒーを飲めるからって大人なわけではありません。ただの好みの問題ですから」

コーヒーに憧れる気持ちはよく分かる。私だって小さい頃はコーヒーを飲める大人をかっこいいと思っていたし、真似して苦いのを我慢して飲んでいた。それがだんだんと本当に美味しく感じるようになって、とうとう店を構えるほどにはなったけれど。

「それに、あのライアンだってコーヒーより紅茶派でしょう？」

笑いながら言えば、カトレアは「確かに」と呟いて安心したように笑った。

「ありがとうフローレス。無理して背伸びをするのはやめようと思いますわ」

「ええ。でもたまには私お勧めのコーヒーも試してくださいね」

「その時は甘いケーキをお願いしますわ」

明るい笑顔で言うカトレアを、私はすっかり大好きになってしまっていた。

社交辞令やその時の気分で言ったわけではなく、カトレアは本当に私の店を気に入ってくれたらしい。

彼女専属の護衛騎士の中で一番の若手らしき青年が時折店に現れて、予約をして帰っていく。そうして十人ほどの護衛騎士を引き連れて、人通りの少ない時間帯に裏口からこっそり入る。そんなことがこの二ヶ月で三回ほどあった。

彼女が来る日は貸切のプレートではなく、臨時休業のプレートを掛けることにした。少しでもカトレアが好奇の目に晒《さら》されずに済むような配慮だ。

彼女は紅茶とケーキを注文し、時折コーヒーに挑戦するほかに、私との会話も楽しんでくれているようだった。自惚《うぬぼ》れかもしれないけれど、少しずつ仲良くなっていくのは嬉《うれ》しかった。

護衛の騎士たちもうちの料理を気に入ってくれたようで、ものすごい勢いでものすごい量を食べてくれるので、見ていてとても気持ちがいい。どうやら初日の食事量は、あれでもまだカトレアへの配慮と遠慮があったようだ。

彼女たちが来る日の前日は、大量の仕込みをしなくてはいけないのだけれど、それがやりがいがあって楽しくて仕方なかった。

彼女が来る前の店は落ち着いていて、むしろ落ち着きすぎていて、ほとんどが常連の固定客ばかりになっていた。経営自体は安定していたけれど、新規のお客さんの数が伸び悩んでいたのだ。仕入れるものもほとんど決まっていたし、それを退屈とは思っていなかったけれど、やはり新しい顔ぶれが増えるのは嬉しい。しかも今までにないタイプの人なので、新鮮だった。

そんな風に楽しんでいるうちに、徐々に新規客の数が増えていった。

常連さんの誰かが知人を連れてきたとか、店の雰囲気を気に入って立ち寄ってくれたのとは明らかに違う。注文したものもロクに飲まず食べず、はしゃいだ声を上げたり店内をキョロキョロ見回して落ち着きがないのがほとんどだ。そうして三十分ほど過ごしたあと、残念そうな顔をして去っていく。

それで気付いた。

あの人たちはカトレアに会いたくて来ているのだと。

カトレアはお忍びで来ているにも拘《かか》わらず、やはり纏《まと》う雰囲気が一般人とは違う。

カトレアだけではなく、キースもライアンに似て目立つ容姿をしている。

その上、護衛騎士たちも手練《てだ》れらしい隙のない身のこなしで、一人だけならともかくひとまとまりになるとやはり目立つようだ。

時間帯を選ぼうと、人通りの少ない裏口から入ろうと、彼らがそこにいるだけで人目を引いてしまう。もはや王女様がこの店に出入りしているというのは暗黙の了解で、常連で騒ぎ立てる人はいなかったが、王女様を間近で見たいというミーハーな一見客が増えていたのだった。

「とは言え、あんまり嬉しいことではないわね……」

閉店後の店内の清掃を終え、帳簿を見ながらため息をつく。

回転率がかなり上がったことによって、売上は確実に伸びている。

お客さんが増えただけなら喜ばしいことなのかもしれないけれど、素直に喜ぶことはできなかった。

彼らは貴族ではなく、だからこそ余計に王女様にお目にかかる機会などないからとうちの店に来る。けれど価格帯が合わないらしく、二度目の来店はない。

それでも数だけは多いので、静かで落ち着いた雰囲気を気に入ってくれていた常連客の足が遠のき始めてしまった。

経営状況は好転しているのに、あまり望ましくない方向に店が繁盛し、困惑しているというのが現状だ。

「またカトレアのことで困ってる?」

久しぶりに閉店間際に来ていたライアンが、仕事の手を止め視線を上げた。休憩時間なのに書類仕事をしているなんて、相変わらず忙しいらしい。

「あはは、違う違う」

帳簿を閉じて笑う。

「ここのところ少し忙しくって。仕入れの量とか見直さなくちゃなーって悩んでたところ」

「良かったじゃないか。いろんな店で研究した甲斐《かい》があったな」

「だといいんだけど」

実際のところは研究の成果というより、カトレア効果でしかないのはさすがに分かっている。最近のお客さんは、精魂込めて作ったメニュー表もロクに見てくれないで、一番安いコーヒーだけを頼んで帰っていくから。

のんびりゆったりとしたくつろぎの空間は、あっという間に慌ただしさに覆われてしまった。

「バイトを雇ったのだろう？　上手《うま》くいっているのかい」

「そうね、テキパキと動いてくれるいい子たちだわ」

小さいお店とは言えさすがに一人では手が回らなくて、とうとう先日アルバイトの子を二人雇うことにした。男性と女性が一人ずつ。若いからか素直で飲み込みがよく、失敗も少ないからとても助かっている。

ただ、仕事以外の話には興味がなさそうで、契約の勤務時間が終わるとさっさと帰ってしまう。もちろんお給金分はしっかり働いてくれているしそれで構わないのだけど、なんだかちょっと寂しくもあった。

だけどそんなことはライアンに言うほどの問題ではない。経営者の自分が解決すべきことだし、何より未《いま》だに態度を決めかねている私が、これ以上ライアンに余計な心配をかけられるはずもなかった。

「困ったことがあったらなんでも頼ってほしい」

「大丈夫だってば。むしろ順調すぎるくらいよ」

意識して明るい声でそう言えば、ライアンがようやく安心したように表情を緩めてくれた。

そう、順調なのだ。少し不安になるくらいに。

目標にしていた店作りとは違うけれど、売上は格段にアップしている。このままいけば店は王都一の繁盛店となるのも夢ではない。

そうなれば、ライアンともきちんと向き合えるのではないか。

最近、そんな風に思うのだ。

ライアンのプロポーズを素直に受けられない理由。

それは私が私の価値を信じることができないから。

よく言えば安定しているけれど、悪く言えばマンネリしてきてしまったカフェの経営者。その程度の人間が、公爵家嫡男の人生を預かるなんてできない。

だけどもし王都一と胸を張れるくらいに繁盛させられたら。

そうなって初めて私はライアンを安心させてあげられる。そんな気がしているのだ。

「私、頑張るから」

拳を握り締めて、ライアンに言うふりで自分に言い聞かせる。

ライアンは「無理をしないように」と笑って、広げた書類を片付け始めた。

「そろそろ戻らないと」

「ライアンこそ無理しないようにね」

言って同時に立ち上がる。

それからいつものようにハグをして、触れるだけのキスをした。

「……離れがたいな」

ため息交じりにライアンが言う。

私も同じ気持ちだったけれど、口に出すのはやめておいた。

やるべきことはたくさんある。いつまでもライアンに甘えているべきではない。一緒にいられる時間を増やすためにも、今がきっと正念場なのだ。

◇◇◇

店は相変わらず大盛況だ。

開店前から並んでいる人もいるし、閉店時間を延長することも珍しいことではなくなった。

席が埋まっているからとライアンが休憩に店を訪れることはなくなり、閉店後にたまに来ていたグレタも遠慮して足が遠のいている。

目の回るような忙しさで寂しさを感じる暇もないくらいだったけれど、それでもライアンとの将来のためにと頑張った。

「最近、ラインナップが変わったな」

夜遅くにコーヒー豆を届けに来てくれたマックスが、新たに手渡した発注票を見ながら言う。

「まあね。客層が変わってきちゃったから、それに合わせないと」

ため息交じりで答えると、マックスが無言でコーヒー豆の詰まった麻袋を倉庫まで運んでくれた。

今までは自分の好みやマックスが見つけてきてくれた物を中心に、気温や湿度に合わせて季節ごとにメニューを変えていた。けれど今は安いだけの苦味の強いコーヒーや、色が綺麗《きれい》なだけの紅茶ばかりが出る。どれだけお客さんに喜んでもらおうと考えた末の仕入れも、ほとんど意味がないのだ。

以前は色んな種類のコーヒーを豆の状態で仕入れ、朝のうちに煎って、寝かせて、寝かせていたものを挽《ひ》いて、というルーチンを楽しんでいたけれど、今はそんな余裕もない。挽いた状態のコーヒーを大袋で大量に発注し、それを機械的に抽出してバイトの子たちがお客さんに出す。それだけだ。

食事も高いけれど手の込んでいるメニューはほとんど出なくなり、最安値のものばかりとなったため、一度メニュー全体の大幅な見直しを図った。

ドリンクの種類は減り、食事の価格帯が下がり、簡単に作れるものばかりになったため、客入りが増えてもなんとかやっていける状態だ。

「……店、楽しいか」

「楽しい？　もちろんよ。だって繁盛しているもの。お客さんの対応は接客スタッフがやってくれるから、ずっと厨房《ちゅうぼう》にこもりっきりで楽チンだし」

笑顔で淀《よど》みなく言うと、マックスが眉間にシワを寄せた。

「まるで用意してたみたいな答えだな」

言われて笑顔が固まる。

用意していたわけではないけれど、最近ずっと自分に言い聞かせている言葉だった。

店は繁盛している。バイトの子もよく働いてくれている。厨房で作るものは簡単なものばかり。ワンパターンだって飽きたりしない。もっと美味《おい》しいものが作れるのになんて、無駄な主張したりもしない。

私は今とても幸せ。周囲のどのカフェよりも人が入っていて、売上は伸び続けて、店を持つ者なら誰もが望む状態なのだから。

きっとライアンだって褒めてくれる。ライアンの家族だっていつか認めてくれる。

このまま頑張り続けていれば、もっと幸せな未来に辿《たど》り着けるのだ。

これが正しい道。お客さんを選《え》り好みなんてしていられない。

そう言い聞かせて、忙しい毎日をなんとか乗り切っている。

なのにどうしてこんなに虚《むな》しい気持ちになるのだろう。

オープンキッチンなので店内の様子が見渡せるにも拘わらず、店内の様子を注視する余裕もない。たまに目をやっても、見えるのは知らないお客さんの顔ばかり。自分に覚える余裕がないのか、一見さんばかりなのかももう分からない。

店の中には知らないお客さんが大声で談笑し、私以外の店員が立ち働いている。

なんだか自分の店ではないみたいだ。

体力には自信があるつもりだったのに、最近は疲れが取れない。身体《からだ》の疲れというより精神的なものだというのも、本当はもう気付いている。

「……久しぶりにマックスの淹《い》れてくれたコーヒーが飲みたいわ」

それでも自分で選んだことだ。弱音なんて吐けなくて、少しだけ我儘《わがまま》を言う。

「お安い御用だ」

マックスが言って、厨房へと入っていく。初めからそのつもりだったのか、自分の鞄《かばん》から出した豆を丁寧に挽いていく。その音も、香りも、私が大好きで大切だったものだ。

マックスは無口で、閉店後の静けさにようやくホッと息を吐き出せた。

「最近グレタには会っているのか」

淹れたてのコーヒーが入ったカップを差し出しながらマックスが言う。

「ううん、全然。聞いてもらいたいこと、たくさんあるのになぁ」

それを受け取って、その芳《かぐわ》しさにうっとり目を閉じながら答える。

「ライアンも自分が席を埋めるのは忍びないとか言って来てくれないし。愛想尽かされちゃったかも」

「それはない」

冗談半分、本気半分で苦笑しながら言うと、マックスがきっぱりと否定してくれた。

それをありがたく思いながら、久しぶりにゆっくり味わうコーヒーを楽しんだ。

◇◇◇

「最近、元気がないな」

「そう？　でもそうね、ちょっと疲れてるかも」

心配そうに私の顔を覗《のぞ》き込むライアンに、正直に答える。

公園に吹く風はもうすっかり冷たくて、自宅から持ってきたブランケットに二人で包《くる》まっていてもお互いの鼻先は赤く染まっていた。

「お店がすごく忙しくて。アルバイトの接客スタッフさん、あと二人くらい雇おうかしら」

嘘《うそ》をついたって、どうせ騙《だま》されてくれないのだ。だったら言える部分は本当のことを言っておいた方がいい。

「上手くいっていないのか」

「逆よ逆。上手くいきすぎてるから大変なの」

何かが違うと思いつつも、もう立ち止まることはできなかった。少しずつ疲労やストレスが溜《た》まっていくのにも見ないフリで、ライアンと結婚するために必要なことだと言い聞かせて。

けれど客入りが増えれば増えるほど、喜びよりも違和感の方が強くなっていく。

自分がやりたかった店は本当にこんなだったろうか。

来るのは騒いではしゃいでテーブルを散らかしたまま帰っていくお客さんばかり。常連だった人たちはいなくなり、営業中に誰かと会話をすることもない。今まで積み上げてきた信頼のようなものが、なくなってしまった気がして不安になる。

スタッフたちのミスは少ないが、お客さんを大事にするという心構えはなく、丁寧な接客とはかけ離れている。カップや皿が空いたら即座に下げ、効率と回転率重視にばかり磨きが掛かっていった。店外に伸びる行列を見ればそうなるのは仕方ないと思いつつも、店員とお客さんの交流が生まれないビジネスライクな状態が嫌でたまらなかった。

最近では、選び抜いたソファや食器類さえもだんだんと色褪《いろあ》せて見えてきた。

「雑誌にも取り上げられたみたい。ありがたいことだわ」

けれどライアンを心配させたくなくて、笑顔で言う。

せめて久しぶりのデートくらい、心から楽しみたかった。

「それならいいんだが……」

「そういえば、カトレア様は今隣国に滞在してるんですって？」

「え？　ああ、よく知っているな」

話題を変えたくてカトレアの名を出す。三度目のお忍び来店のあと、護衛騎士の一人がカトレアからの手紙を持ってきてくれたのだ。その中には、これからしばらく不在にすることと、お店に来られなくて残念だという言葉が添えられていた。

「外交のために二ヶ月ほど。カトレアを招きたがる人間は多くてね」

ライアンは驚いた顔をしたけれど、素直にその話に乗ってくれた。

「見惚《みと》れるほどの美少女だもんね。キース君は離れていて心配にならないのかしら」

今回の外交にはキースは同伴しないらしい。カトレアは手紙でそのことをとても残念がっていた。

「あまりそういう心配はしていないようだ。カトレアがキースにベタ惚《ぼ》れだからかな」

どんなに顔のいい男性に声を掛けられても、まったく心が揺れないらしい。貴族の嗜《たしな》みとして、ダンスに誘われればきちんと受けるけれど、その後は冷たくあしらってしまうのだとか。

あの王女然とした表情で断られたら、どんな男性も簡単に引き下がってしまうだろう。

「俺はフローレスと離れていると不安になるな」

「あら、私もあなたにベタ惚れよ？」

「そうだといいけど」

私の言葉にライアンが苦笑する。未だプロポーズに対する返事を何もしていない私が言っても、嘘にしか聞こえないのだろう。自業自得だけど、罪悪感で胸が痛んだ。

「キミの愛は疑ってない。けど、フローレスはとても魅力的だから。いつか誰かに連れ去られそうで怖いんだ」

「ありえない。そんな物好き、あなただけよ」

それでもライアンが冗談にしてくれるから、私はそれに甘えて笑ってみせた。

少しの沈黙の後、吹いた風の冷たさにふるりと体を震わせる。

「もう外でのデートは無理そうね」

「次はフローレスの店で、翌日の仕込みを手伝うっていうのはどう？」

「そんな、騎士様にハムを切らせるだなんて。なんて楽しそうなの」

ライアンの思い付きに笑う。どうせなら仕込みついでにライアンの好きなクッキーの作り方を教えてあげようか。

「給料はいかほど？」

「困ったわ、騎士団より高くないと引き抜けないかしら」

「いいや、フローレスが雇い主ならキス一つでいくらでも働ける」

「いくらなんでも安すぎない？」

ブランケットの中で抱き合って、キスをしながら笑い合う。

この幸せのためなら、私の理想なんてどうでもいいとさえ思えた。

◇◇◇

ガラン、と大きな音を立てて、店の入り口のベルが鳴った。

こんな乱暴にドアを開けるお客さんは初めてだ。何事かと気になって、料理を中断し顔を上げる。

「あの、困ります、先に並んでいるお客様が」

「おやぁ？　なんだい君は。ワタシが誰だか知っていてそんな無礼な口をきいているのかね」

接客対応の女の子が、なんだか派手な色合いの男を押しとどめようと揉《も》めている。

背が高く、全体的にひょろりとした印象の男だ。

「いえ知りませんけど。誰であろうと列に並んでいただかなければ困ります」

「まったく今の若い娘はこれだから……ま、いいですよ。ワタシは余裕のある大人ですからね。これくらいで怒ったりはしませんが」

嫌味たっぷりの大人げない口調で言って、また乱暴にドアを開け出ていく。そのまま気分を害して帰ってしまうのかと思っていたら、五人ほどの順番待ちの最後尾に並んだ。そしてなぜか決めポーズのような立ち姿で、ガラス越しに店内の様子を監視していた。

スタッフが困惑したような表情で私に視線を送る。

イマイチ状況は把握できなかったけれど、とりあえず安心させるように無言の頷《うなず》きを返し、料理の続きに取り掛かった。なにせ今は昼時で、猫の手も借りたいくらいの忙しさだ。大人しくしてくれているのなら、とりあえず対応は後回しにさせていただきたい。

「なんなんすかねあの人」

オーダーを厨房に伝えに来るついでに、さっき応対してくれたスタッフがコソッと私に耳打ちをする。

「なんか自分は有名人だと思ってるぽいすけど。知ってます？」

まったく心当たりがなくて、首を傾《かし》げるしかできない。今はそれを深く考えている時間もなかった。

「全然分からないわ……ごめん、手が空いたらコーヒーサーバーに補充お願いできる？」

「はーい」

本当なら一杯一杯丁寧に自分の手で淹れたいところだけど、忙しさに負けてとうとう大容量サーバーを導入してしまった。すぐに注文が入るのでそこまで味が落ちる心配はないが、サーバーに足すコーヒーさえも自分で淹れる余裕がないのが歯がゆい。

「ちゃんと量と時間を計って淹れてね」

「分かってますって」

返事をしながらもコーヒーを淹れる動きは雑で、食器がガチャガチャと大きな音を立てていた。

料理の提供に追われて飲み物にまで手が回らない分、彼女に簡単なオーダーは任せるようになった。

けれどどうにも生来の性格が大雑把なようで、なかなかレシピ通りきっちりとはいかない。どうせみんな大した違いなんて分からないですよと本気で思っているタイプだ。

それでも助かっているのは事実だし、それ以上うるさく言って辞められても困るので強く出られないのが辛《つら》いところだ。

忙しいからしょうがないと、心の中で言い聞かせて作業に戻る。

彼女は大雑把ながらも手際よく動いてくれて、コーヒーを出したあとは食事を終えたお客さんをさりげなく追い立てて、席を空けようとしていた。そうやって何組かのお客さんが帰ったあと、とうとうあの派手な男がカウンター席へと案内された。

「ふん」

彼は軽く鼻を鳴らしたあとで、ジロジロと店内を見回し、それからメニュー表をじっくり眺め、カウンターテーブルに指を滑らせ、汚れでも確認するように指先を見た。

最初は王女様見たさに来た人かとも思ったけれど、どうやらそうではなさそうだ。

「ちょっと」

「……なんでしょう」

接客スタッフではなく、厨房の私に向けられた呼びかけに手を止める。どこか尊大なその喋《しゃべ》り方《かた》は、何がとは明確に言えないが何かがとても嫌な感じだった。

「店長はアンタ？」

ぞんざいな言い方に面食らう。

アンタなんて呼ばれ方、実家のお隣のおばちゃんくらいしかされたことない。しかもおばちゃんの呼び方には親しみがこもっていた。この人は違う。明らかに見下し侮っている相手に向けた呼び方だ。

「そうですが何か」

さすがに不快で、営業スマイルも忘れて真顔で答える。

予想していなかった反応らしく、男がわずかにたじろいだ。

「べっ、別に。ただ確認したかっただけ」

ふん、と鼻から息を吐いてぷいと顔を背ける。私より十歳は年上に見えるのに、ずいぶん子供っぽい仕草だ。

視線が逸《そ》れたのをいいことに、調理を続けながらその人を軽く観察してみる。

輝きのない金髪は頭のてっぺんだけ少し長くて、まるで鳥のトサカのようだ。やけに細身の白いスーツと、薄ピンクのシャツに黄緑色のネクタイ。それからレンズに薄く色のついた大きな眼鏡。

改めて見てもとにかく派手だ。

絶対知らない人のはずなのになぜだろう、どこかで見たことがある気がする。

本人曰《いわ》く有名人らしいから、舞台役者か何かだろうか。

「ちょっと」

「はーいただいまー！」

今度はスタッフに向けて呼びかけている。注文のために呼んだらしい。

「コーヒーとこのサンドイッチをちょうだい。忙しいからさっさと出してね」

やはり尊大な態度だ。この尊大さは新興貴族あたりだろうか。

あまりの感じの悪さに、スタッフの子が露骨に顔をしかめながら「はぁい」と低い声で答えた。

「店長お願いしまーす」

注文票をカウンター越しに受け取り、苦笑いを返す。

普段なら小声で注意しているところだけど、私も似たような反応をしてしまったのでおあいこだ。

お互いにしか分からない程度の目配せを交わして、すぐにそれぞれの仕事に戻った。


「なんですこの安っぽいコーヒーの味は」

嘲るような声に食器を洗う手を止める。

件《くだん》の男性にスタッフがコーヒーを提供してすぐのことだった。独り言なんてものではなく、明らかに周囲に聞こえるように喋っている。

「……お気に召しませんでしたか」

カウンター越しの席に座る男は、嫌味っぽく唇を歪《ゆが》めながら頰杖《ほおづえ》をついた。それからカップをガチャンと乱暴にソーサーに置く。

「人気のわりに大したことないようね。淹れるのもバイト任せみたいだし、こだわりもなく運だけでここまで客が増えて万々歳って感じ？」

「そうは思っておりません。ご利用くださるお客様の応援があってこその」

「ハコだけそれっぽく仕立てたって中身が伴わない店なんて、まるで店長さんそのものですねぇ」

私の言葉を遮って、男はまるで周囲に言い聞かせるように朗々と続ける。私の反応など最初からどうでもいいみたいだった。

「庶民のくせに貴族相手に商売なんて図々《ずうずう》しい。ま、それも最初のうちだけで、結局は庶民の巣窟みたいだけど」

それから揶揄《やゆ》するように店内を見渡して嘲笑を浮かべた。

「中身に見合った客で良かったじゃない。王女様が来たなんて嘘までついて、卑怯《ひきょう》な真似《まね》をしてまで客を呼び込んで満足？」

さっきからなんなのだろうこの人は。私の店に人が入るのが気に食わないようだというのはよく分かった。けれどどうしてそんなことまで言われなくてはいけないのだろう。

店内のお客さんたちも、スタッフも、私たちのやりとりに不安そうな顔で注目している。それだってこの男の狙い通りに違いない。

「せめてその嘘に信憑性《しんぴょうせい》を持たせられるくらいのお店にしたらどうです。良かったらワタシが何かアドバイスしてあげましょうか？」

完全に上から目線で言われて腹が立つ。けれど感情に任せて言い返せば、それこそこの男の思う壺《つぼ》だろう。

「嘘はついておりませんよ」

冷静に返すと、男は真偽を問うように目を眇《すが》め首を傾げた。その仕草がますます鳥みたいだ。

カトレアがこの店に来ているのは本当のことだし、そもそも私はそれを誰かに吹聴《ふいちょう》したりはしていない。たまたまあの日遭遇してしまったお客さんと、それから臨時休業日が増えたことによる憶測が噂《うわさ》の裏付けをしてしまっただけ。

「よく言えたものですね。私の友人がここ二ヶ月、毎日のようにこの店に通ったけど、一度も見たことないと言っていましたよ」

したり顔で男が言う。

けれどその言葉は嘘だと直感的に感じた。

最近はまともに店内に出られずにお客さんの顔をじっくり見ることはできていないけれど、さすがに二ヶ月も毎日通ってくれる人のことなら記憶に残るはずだ。それに悲しいことに、今の店は固定客ができるような状態ではないのだ。

チラリとスタッフに視線を向けると、彼女も「分かりません」という顔で軽く両手を広げてみせた。

「そのご友人に心当たりはありませんし、噂が真実だとしたら、高貴な方が堂々と当店にいらっしゃるでしょうか」

「はんっ。あくまでも嘘は認めないつもり？」

「ですから、嘘をついてまで人を呼び込むような真似はいたしておりません」

「強がっちゃって。それくらいしないとこんな安いコーヒーばかり出す庶民の店には、王女様はおろか貴族だって足を運ばないものね。自分でも分かっているんでしょう？　だから嘘をついた」

男の声がだんだんと大きくなっていく。間違いなく嫌がらせだ。彼の言うことを信じたのか、カトレア目当てのお客さんがざわつき始める。

実際、現在の客層に合わせてラインナップを安いものに変えていたし、一見客ばかりで貴族客は激減していた。カトレアが来たのは嘘ではないけれど、彼女が気に入ってくれた時の店とはだいぶ変わってしまっていた。

初めて来た人たちにとっては、王女様が来るような店じゃないと言われればそう見えてしまうかもしれない。

「……来てくださるお客様に合わせて店の雰囲気を変えるのも経営戦略のうちです」

「やだやだ、もっともらしいことを言って誤魔化すつもり？　勘弁してほしいですねぇ」

汚いものでも見るように顔をしかめて、男が口を思い切りひん曲げた。

「王都の一等地に店を構えるのがどういうことか、庶民の小娘には分からなかったようですね」

そう言って気取った仕草でネクタイを締め直し、ジャケットの襟元をピンと引っ張る。

「ここは富裕層向けのエレガントな店のみが存在を許された場所ですよ。アンタの店は品位を下げています」

きっとこれこそが彼の言いたかったことなのだろう。得意げな顔をして、言ってやったとばかりに鼻を鳴らした。

華やかな王都に住んでいることを誇りに思っていて、それを乱す存在が許せないのだろうか。それとも単純に、庶民ごときが目立つのが気に食わないのか。

分からないけれど、これ以上私が何を言っても無駄なのだということだけは明らかだった。

「お客様の好みに合わなかったなら申し訳ございません。当店ではご希望に沿うことは難しそうですので、別のお店でお食事された方が良さそうですね」

私がそう言ったのを合図に、スタッフがツカツカと荒い足取りで近付いて来た。それから男の前に置いてある、一口しか飲んでいないコーヒーのカップとまったく手をつけていないサンドイッチの皿を片付けた。

「お代は結構ですので、お帰りいただけますか」

「……ふん、気に食わない客はさっさと追い出すってワケ」

「そんなつもりはございません。ただ、これ以上ご不快にさせてしまうのはこちらとしても心苦しいので」

笑顔で言うと、男は不愉快そうに鼻にシワを寄せた。

「お客さん、お帰りはあちらですよ」

スタッフが言いながら、親指を下に向けたのをトレイでサッと隠す。

「……まあいいでしょう。こんな嘘で塗り固められたハリボテみたいな店、早晩勝手に潰れるでしょうしね」

捨て台詞《ぜりふ》のように言って、男が席を立つ。

「次のお客さんがお待ちですのでさっさとお帰りくださいね」

「こらダメよ、失礼じゃない」

真《ま》っ直《す》ぐに敵意を伝えるスタッフを軽く窘《たしな》めて、けれど特に訂正もせずに不快そうな顔の男を厨房から笑顔で見送る。

「一昨日《おととい》来やがれ～」

軽やかな声でスタッフが去っていく男の背に声を掛けた。外で並んでいたお客さんがぎょっとした顔をしていたけれど、フォローする気にはなれなかった。

◇◇◇

「やだ、なにこれ……」

開店前に店の前の掃除をしようと外に出て、思わず顔をしかめる。

道に黒い塊が落ちている。近付いてよく見ると、カラスの死骸だった。黒い羽根は抜け落ち散らばって、点々と店の前を汚していた。

あまり触れたいものではなかったけれど、放置しておくわけにはいかない。店内に戻り掃除用のゴム手袋を装着して、恐々とカラスを持ち上げる。それから店の裏手にまわり、生ゴミ用のポリバケツに入れるか迷ったあとで、土に埋めた。

大急ぎで羽根を掃除し、血の跡をデッキブラシで擦《こす》り落とす。

他の動物に襲われ、運悪くここで息絶えてしまったのだろうか。

正直、不気味ではあるけれど可哀想《かわいそう》だ。息があるうちに気付けていたら、手当くらいはできたかもしれないのに。

なんにせよ、お客さんの目に入る前に気付けて良かった。

朝から憂鬱な気分になりながらも店内に戻り、ホッと息をついてサーバーに準備していたコーヒーを飲む。

先日派手な男に指摘された通り、そのコーヒーは安い豆の味がした。

それが嫌がらせだったと気付いたのは、それから三日連続で店の前に生ゴミがぶちまけられていたせいだ。分かりやすいものに変更したのは、さすがにそう何回も死骸を入手することができなかったからだろう。

深夜から明け方にかけて撒《ま》いていくのか、目を覚ましてすぐに確認するとすでにそこに生ゴミが鎮座している。うんざりした気持ちで片付けてから朝の仕込みをするのは、最低の気分だった。

一体誰が。

考えて脳裏にチラつく顔はあったけれど、証拠など何一つないし、どこの誰かも分からない状態では問いただすこともできない。

試しに寝ずに見張っていたけれど、バレてしまったのかそれ以降は生ゴミ攻撃はやんだ。

その代わりに別の嫌がらせが始まった。

私への誹謗《ひぼう》中傷が出回り始めたのだ。内容は酷《ひど》いものだった。真実と嘘を織り交ぜた、詳しい事情を知らない人間なら簡単に信じてしまうたぐいの。

公爵家子息を身体を使って誑《たぶら》かしただの。散々弄んだ挙句ボロボロにして捨てただの。汚い手段で陥れ店まで手に入れた悪女だの。

なぜそれを私が知っているのかと言えば、王女様見物に来たお客さんについでのように尋ねられたからだ。冷やかし交じりのニヤニヤした顔で。どんな手を使ったんだ、俺にも試してみてくれよ、なんて下種《げす》な言葉を付け足して。

ありがたいことに、だいたいは私がキレるより前にスタッフの二人が適当にいなしてくれる。若い子特有の気の強さというか、怖いもの知らずの対応は、ハラハラしつつも頼もしくてありがたかった。

それ以外にも、料理や飲み物に声高に文句をつけていく人もいた。毎回違う人なのに、文句の内容がほぼ一緒なのは、同一グループによる嫌がらせだからだろう。さんざん不味《まず》いとけなしたあと、虫が入っていたと言って、後入れされたとしか思えない形状の虫を高々と持ち上げて、他のお客さんたちが帰るように促す。

そして捕獲できたらしい日は小動物の死骸が置かれ、私の店の裏手にはお墓が増えていった。

憲兵に死骸のことだけでも通報しようかと思ったけれど、ライアンに知られてしまうのが嫌で躊《ちゅう》躇《ちょ》していた。心配させたくなかったのだ。

ライアンには現状を言わないまま、それとなくカトレアが戻ってきても店には来ない方がいいと伝えてもらうようお願いした。彼女はこの騒動に関わるべきではない。ライアンに理由を聞かれたけれど、「今はカトレア様に会いたいお客さんだらけだから囲まれちゃう」と表面上の理由だけ答えた。

露骨な営業妨害が半月ほど続いて、何か対策を打たなくてはと動き始めた時にはもう手遅れだった。

良い噂が広がるのは速かったけれど、悪い噂が広がるのはもっと速い。

王女来店の噂を信じた客層は私に関する噂も信じて敬遠するようになり、以前からの固定客は離れたまま。

大盛況だった店は一転、ここ数日で一気に閑古鳥が鳴くような状態になってしまった。

開店して二時間が経《た》っても、一番忙しいお昼時になっても、店員しかいない店内に呆然《ぼうぜん》としてしまう。

大量に仕込んでいた料理は当然のように余り、安価なコーヒー豆の在庫は倉庫から動くことがなくなった。

客足が途絶えてから嫌がらせはぱったり止まったけれど、それはもう必要がないと判断されたからだろう。

さすがにここからまた何かの奇跡が起こって、再び店内がお客さんで溢《あふ》れる日が来ることは想像できなかった。

アルバイト二人には深い謝辞と謝罪を告げて、店を辞めてもらった。彼女たちは惜しんでくれたけれど、お客さんが来ないのであれば仕事にならないのだ。この店の現状をしっかりと理解して、またご縁があればと嬉しいことを言って去っていった。

本格的に誰もいなくなってしまった店内を、ぼんやりと見回す。

自分の実力以上の幸運に縋《すが》って、迷走してしまったせいだ。

あの派手な男の言った通り、王女様の噂を真っ向から否定することもせず、一見客が増えたことをいい傾向だと言い聞かせ、常連客を蔑《ないがし》ろにしてしまった結果がこれだ。

「これで良かったのかもしれないな……」

ぽつりと呟《つぶや》いて深くため息をつく。誰も聞く人のいないただの独り言は、自分の胸の深いところに大きく響いて、妙に腑《ふ》に落ちた。

仕方ない、妥協するしかない。今を乗り切るまで耐えればきっと。

そんなことを積み重ねて、この店はもう私のものではなくなってしまっていた。

空っぽの店を見ても、嘆くどころかどこか他人事《ひとごと》に思えてくる。

どれだけお客さんが増えても、その数に反比例するように楽しくなくなっていくのは、つまりはそういうことなのだろう。

自分の店ではなくなった場所にライアンを迎え入れたって、幸福なんて望めない。

誰もいなくなって、することがなくなって、ようやく気がつくなんて馬鹿みたいだ。

自嘲するように笑ってから、することもないのでこれを機に店の大掃除を始めることにした。このところ忙しさにかまけて細かいところにまで手が届いていなかったのだ。

椅子のクッションのほつれを繕い、厨房のあちこちを綺麗に磨き上げながら、これからのことを考える。

不思議と気分はスッキリしていた。

「……よし！」

ピカピカのシンクに映った自分の表情は、そう悪いものではない。

また一からやり直そう。

そう切り替えるまでは早かった。なにせもっとひどい過去がある。

カフェ開業の夢どころか、人生まるごと諦めなきゃいけなかったかもしれないあの婚約の時。あれに比べれば、今回のことなんてずっとマシなことに思えた。

お客さんと信頼は失ってしまったけれど、店そのものをなくしたわけではない。誰かを人質に取られているわけでもない。ただ上手くいくやり方を考えればいいだけ。

誰にも文句を言わせない店にする。自分が楽しめて、お客さんも楽しんでくれるような、そんな店を。

そう、一番はまず自分だ。自分が愛せるお店じゃないと意味がない。これでいいのかしらなんて悩みながら続けている店を、誰が好きになってくれるというのか。

臨時休業のプレートを掛け、二日かけて店をピカピカにした。それからメニュー表の改善に取り掛かる。

安いコーヒーはラインナップから外さない。選択肢があるのは大事だ。安いからと言って不味いわけではないし、きちんと丁寧に淹れればちゃんと美味しいのだから。けれどそれ以外は良いものにしよう。マックスのお店できちんと味をみて、価格の検討をして、苦味と酸味のバランスも考え直しだ。

紅茶もそう。安くてスタンダードなものも一種あって、その上でいい茶葉をそろえる。華やかなもの。落ち着いたもの。高級感漂うもの。安いものと比較した上でそれを選びたいと思えるような。

料理のメニューはどうしよう。手間は掛かるけど、前もって仕込んでおけばすぐに出せるような。ビーフシチューは絶対に復活させる。それからボリュームのある食事。寒い季節だから、ホワイトソースを作り置きしてグラタンなんかもいいかもしれない。

決して安くはないけれど、この店でしか食べられない、それのためだけにこの店に行きたいと思えるような満足感のあるものを。

どうしよう、こんな状況だというのにワクワクしてきちゃったな。

ドキドキとうるさい心臓を、抑えるように深呼吸する。

現状は絶望的だ。立て直しのプランだって、上手くいく保証はどこにもない。それどころか、また嫌がらせが始まる可能性だってある。

それでも逸《はや》る気持ちは抑えられず、頬が緩むのを止められなかった。

◇◇◇

一ヶ月ぶりのライアンとのデートの約束の日。

私は一つの決意を胸に、ライアンを店内へと迎え入れた。

「お願いがあるの」

「フローレスの望みならなんなりと」

前振りもなく唐突に切り出したのに、ライアンは嬉しそうに微笑《ほほえ》んだ。その笑顔を、消してしまうようなことを私は言おうとしている。

「プロポーズはなかったことにしてほしい」

まっすぐにライアンの目を見て、決意を胸にそれだけ言う。

こんな言い方では、どうとられても仕方ない。だけど言い訳をするつもりはなかった。嫌がらせが始まって客足が減り始めた時から考えていたことだ。

今のままではやはり私はライアンに相応《ふさわ》しくない。間違った判断でお客さんを失って、ライアンが大切に思ってくれていた店をダメにしてしまった。

そんな人間が公爵家を捨てさせてまで私についてきてなんて言えないし、もういつまでも返事を保留にする資格すらない。

「それだけは聞けないな」

けれど私のお願いを、ライアンはあっさりと拒絶した。

その表情には動揺も困惑もなく、微笑みを浮かべたままだった。まるで私が何を言うつもりだったのか予想でもしていたみたいに。

「……なんなりとって、言ったじゃない」

震える声で、泣きそうになりながら笑う。

こんなに引き延ばしておいて、勝手なことばかり言うなと罵られたっておかしくないのに。いいやライアンはそんなことを言う人ではない。それは単に私がそうしてほしかっただけ。これまでの行いを責め立ててもらって、スッキリしたいだけなのだ。

そんなこと、あるはずもないのに。

「だってそれはお願いじゃなくて死刑宣告だ」

ライアンの顔は笑っているけれど、声は真剣そのものだった。

私はそれを冗談として笑い飛ばしたかったのに、上手くできずに唇が震えた。

「大袈裟《おおげさ》よ。私がいなくてもあなたは死なない」

不甲斐《ふがい》ない私を見ても、少しも心を変えないでいてくれるのが嬉しくて、今にも飛びついてしまいそうになるのを必死に堪《こら》える。それでは今までと何も変わらない。私は私の決意を、覚悟を、ライアンに伝えなくてはいけないのだ。

「私よりもあなたに相応しい人はたくさんいるわ」

「フローレスじゃないと生きていけない。生きる意味がない」

ライアンの目に嘘はない。自分に酔っているわけでも、恋で周りが見えなくなっているわけでもなく、本気で言っている。

私にそんな価値があると、今でも自分で信じられないままなのに。

「今の私とではあなたは幸せになれないの。分からない？」

「幸せになりたいから一緒にいるんじゃない。幸せにしたいから離れたくないんだ」

私の反論を、優しく潰して手に触れる。

たったそれだけの熱で、私の覚悟はあっさり崩れてしまいそうだった。

「でも、だって、ライアンが大事にしてくれたお店も上手くいかなくなって」

「そこで店を畳んで公爵家の嫁に来るって選択をしないキミを愛しているよ」

言葉に詰まる。確かにそういう選択肢があるのは分かっていた。それを選べば、ライアンが受け入れてくれるだろうことも。

だけど最初から選ぶつもりなんてなかった。店が上手くいかないからそっちにする、なんて全然私らしくないから。それをしてしまったら、本当に負けてしまう。

「キミはまだ折れていない」

確信を持った口調で言って、ライアンがぎゅっと私の手を握る。

「まだ戦おうとしている。むしろ繁盛していた時よりもずっと強い意志で。違うかい」

質問の形をとっているけれど、ライアンの言葉はまるで鼓舞でもするようで。

「……違わない」

そう、腹の底からふつふつと湧き上がるものがある。

覚えがある。これは闘争心だ。まるでリカルドと婚約せざるを得ない状況になった時のような。

今の状況はどうだ。あの時の、権力に理不尽に翻弄される絶望に比べればずっとマシに思える。

まだやれることはいくらでもあって、泣き寝入りなんて絶対にするつもりはない。

だけど。

「ライアンを巻き込みたくないの」

「巻き込んでほしいのに?」

私が言うと、ライアンがおどけるように笑った。

私への誹謗中傷は、放っておけば間違いなくライアンにまで及んでしまう。

もし店がまた軌道に乗ったとして、それに対抗する手段を見つけたとしても、また別の手段で嫌がらせをされるかもしれない。その時にライアンと婚約していたら、攻撃の対象にされる可能性が高いだろう。それをどうしても避けたかった。

「いつケリがつくかも分からない」

「二人で力を合わせれば決着が早まるさ」

「勝てるかも分からないのに?」

「勝つまでやるのがフローレスだろう」

なんでそんなに嬉しそうな顔をしているの。なんでそんなに私を信じてくれるの。

困った人。弟よりも頑固で融通が利かなくて、誰よりも私に甘い。

泣くのを堪えて笑う。

「当たり前よ。転んでもただでは起きないって、知っているでしょう」

ここまで言われて、それでもこの人を振ってしまうような意志の強さはさすがになかった。

「ああもちろん。そこを一番に愛してる」

強がりはそこまでが限界だった。

言葉もなく、ぶつかるように抱き着けば、少しも揺らぐことなく大きな身体が私を包み込んだ。

ライアンは労《いた》わるように私の背中を優しく撫《な》でて、涙の滲《にじ》んだ目元にキスをくれた。

「……店のこと、知ってたのね？」

スンと洟《はな》を啜《すす》りながら聞く。

別れ話への反応から見るに、きっと最初から知っていたのだろう。

私の質問に、ライアンがバツの悪そうな顔をした。

「噂は俺の耳にも入ってきたから」

「アバズレだって？」

苦笑しながら言うと、ライアンが怒ったように眉根を寄せた。

「ひどい言葉だ。騎士団のみんなは信じていなかったが」

「それだけで十分よ」

「助けを求められたらすぐに動くつもりだった。けど、きっとフローレスは頼ってくれないだろうなとも思っていたよ」

「別に、ライアンに頼りたくないわけじゃないけど……」

後ろめたさにごにょごにょ言うと、ライアンが「分かっているよ」と言って私の額に口付けた。

「頼るようじゃダメだと思ってくれたんだろう？　自分の店のことだから、自分の力だけでなんとかしなきゃって」

「すっかり私に詳しくなっちゃったのね」

「フローレスばかりを見てたから」

見透かされていたことが恥ずかしくて呆《あき》れ交じりに言うと、ライアンが得意げに言って笑った。

その笑顔を今まで一番愛《いと》しく思う。

「キミの夢は全力で支えたい。だからどうか俺にも手伝わせてほしい」

もっと頼ってくれ、と懇願するように言われて胸が締め付けられた。

もう一度思い切り抱き着いて、厚い胸板に顔をうずめながら自分の不甲斐なさを猛省する。

一人で意地を張っていたせいで、ライアンに寂しい思いをさせてしまっていたのだ。そんなことにも気付かずに、一人で上手くできるつもりで失敗して。

なんて馬鹿な女だろう。それでもライアンの心が変わらないというのなら。

「……あのね、別れたいわけじゃないの」

涙の滲んだ目でライアンを見上げ、笑う。本当はそうすべきなのだろう。このままではライアンの時間を無駄にさせてしまうから。実際、今日までに何度も別れを決意しようとした。

「あなたに相応しい人間になるまで、待っていてくれる？」

「それは、今でも十分だと思っているけど」

「私がそう思えないのが問題なのよ。でも、カトレア様が気に入ってくれた店よりもっと良くして、カトレア様のおかげで繁盛していた時よりももっと売上を伸ばすって誓う」

ライアンは私を見放したりしない。それを分かっていて別れを切り出すのは、ただのワガママなのだと気付いてしまったのだ。だったら私が努力して追い付けばいい。ライアンの隣にいられるように。

「あなたとの結婚に誰からも文句を言われないくらい、立派なお店にしてみせるわ！」

拳を握り締めながら言えば、ライアンが声を上げて笑った。

「頼もしいな。カトレアもきっと喜ぶ」

それから私の頬を慈しむように撫でて、眩《まぶ》しそうに目を細めた。

「夢なんて呑気《のんき》なこと言ってないで、絶対現実にする。そうなったら私からプロポーズするから。覚悟しておいて」

断定口調で言えば、ライアンが驚いたようにぽかんと口を開けた。

ああ可愛《かわい》い。

「……想像だけで眩暈《めまい》がするよ」

それから目元を染めて、私のプロポーズ予告にライアンは心から幸せそうに笑った。

「当然の結果だな」

「もう、言われなくても分かってるわよ」

真顔のマックスに淡々と今回の失敗例を挙げ連ねられて、辟易《へきえき》しながら両手を上げる。

こうなったのは完全に自分のせいだし、マックスの心配も気付かないフリをしてきた。基本的に人のやることに口を出さないマックスにしては、とても珍しいことだというのにも拘《かか》わらずだ。

それくらいに私は自分を見失っていたのだ。

あそこで踏みとどまっていれば。あの時ああしていれば。

後悔は尽きない。

けれど過ぎたことばかり考えていても意味はない。前向きに、極力早く、実りあることを実行していかなければならないのだ。

まず手始めにマックスの店に新たな仕入れの相談をしにきたのだけど、こうしてお説教タイムになってしまった。

けれどコーヒーの香りに包まれている今は至福の時間と言えた。

マックスのおかげでじっくり時間をかけて良い豆を仕入れることができて、そうよこれこれ、と嬉《うれ》しくなる。

「マックスの言う通り、全然楽しくなかった。だってこの数ヶ月の間、新しいコーヒー全然試せていないんだもの！」

「まったくだ。誰のためにあちこち探し回っていると思ってる」

「……自分のためでしょう？」

「もちろんだ」

「あははっ！　そこは嘘《うそ》でもフローレスのためって言わないと！」

隣で見ていたグレタが軽やかな声を上げて笑う。今日は休みだというのに、私の相談に乗ってくれるためにわざわざマックスのお店まで出てきてくれたのだ。

「ああ、でもこれでやっとまたフローレスのコーヒーが飲めるかと思うとテンション上がるわ」

ワクワクした顔で言うグレタに苦笑する。

「あ、別にお店が暇になったのを喜んでるわけじゃないわよ!?」

「分かってるって。ホント、今まで本当に悪いことしたと思ってる」

慌てて訂正するグレタに、これまで蔑《ないがし》ろにしてしまっていたことを詫《わ》びる。常連客にもそうだったけれど、親友であるグレタにまで不義理をしてしまっていたのだ。

「……会えない間、寂しかったんだから」

「私もよ。ごめんねグレタ。私のこと大好きなのに」

照れくささに冗談めかして言うと、「自惚《うぬぼ》れてんじゃないわ」とグレタが拳を軽く私の頬に当てて笑った。

「それで？　ドリンクのメニューはこれで決まり？」

「コーヒーはね。紅茶もライアンと決めたから、あとはそれ以外のドリンクを決めなきゃ」

どうせ注文されないからとバッサリ削っていたコーヒーのラインナップを、マックスに手伝ってもらいつつ思い切り自分好みのものへと変更しにきたのだ。おかげさまでものすごく充実した内容にすることができた。

「しかもなんだかすごく値引きまでしてくれちゃって、ありがたいやら申し訳ないやらで……」

ただでさえ客足が途絶えている状態で、大量仕入れとは程遠い状態だというのに、マックスはあれもこれもと値引きの提案をしてくれた。

「お得意様だし」

「同好の士だし？」

「そう。コーヒー好きに悪い奴《やつ》はいない」

グレタの合の手にすかさず頷《うなず》いて、マックスが暴論を持ち出す。

グレタはウケて笑い転げているけれど、マックスの表情が変わらないので冗談なのか本気なのかイマイチ分からない。

「けど、もうちょっとお金取ってくれてもいいのよ？」

「フローレスの店の将来性に投資しているだけだから気にするな」

返せる保証はないけれど、正直なところ見通しが立たない現状では非常にありがたかった。

「絶対繁盛させてじゃんじゃん仕入れるようにするから！」

これ以上遠慮してもマックスに失礼な気がして、だからお詫びではなく投資に報いるべく宣言をすることにした。

「今後ともどうぞご贔屓《ひいき》に」

マックスは薄く笑って、さらに試供品を一袋オマケにつけてくれた。


仕入れの相談を終えて、グレタとマックスを連れ私の店へと移動する。

「それじゃ、作戦会議といきましょうか」

店を閉めてからすでに五日が経《た》っていたが、なんの対策も立てずに再開する勇気はない。まずは噂《うわさ》の出処《でどころ》と嫌がらせの犯人を突き止めねばならないだろう。

「フローレスは心当たりないの？」

聞かれてすぐに思い当たる人物はいる。悪いことが起こり始める少し前に現れた、あの失礼な男。

「うーん……ありすぎるくらいある、と言いたいところだけど」

「そんなにあちこち恨みを買ってるのか」

「違うわよ、そうじゃなくて」

マックスに気の毒そうに言われて、笑いながら否定する。割とやりたい放題やってきた自覚はあるけれど、さすがに意味もなく多方面に喧嘩《けんか》を売って生きているわけではない。

「こうなる直前に、明らかに敵意むき出しのお客さんが来てね」

「へえ、どんな?」

「それが知らない人なのよ。会ったこともないのに、完全に私を敵視していたのが不思議で」

首をひねりながらグレタに答える。

あの白いスーツの派手な男。近所に店を構える同業者だろうか。それとも特権階級意識の強い貴族か。既視感があるように思えたのは、たぶんあの傲慢な態度が大嫌いな元婚約者に似ていたからかもしれない。

「やけに嫌味な人だった。なんか派手な……オウムとかインコとかの鳥みたいな印象で」

思い出しながら言う。なんとなく南国の鳥を思わせる人だった。

「派手な鳥……それってもしかして、プセマかしら?」

その人物に心当たりがあるのか、グレタが腕組みをして眉根を寄せた。

「誰だそれ」

「グレタ知ってるの?」

「たぶん……パロット・プセマっていう、貴族の間では結構有名な実業家ね」

グレタ曰《いわ》く、その男は貴族ではないが一代で財を成した人物で、今はあちこちの飲食店のオーナーをしているらしい。相当なヤリ手というよりは、貴族に媚《こ》びを売り取り入って出資を取り付けるような、口の上手《うま》さでのし上がってきた人物だとか。

「ある意味すごい人ね……」

呆《あき》れとも感心ともつかないため息が出る。

口だけで貴族に気に入られて、店を持てるまでになるなんて。確かによく喋《しゃべ》る人だったけど。それはもう、うるさいくらいに。

「目立ったり敬われたりするのが大好きで、しょっちゅう自分の持っている店に顔を出しては威張り散らして帰ってくんだって。一瞬だけプセマの店で働いてた友達から聞いたことがあるわ」

「あ！　もしかしてポーラ・クレインもその人のお店!?」

それは王都一と言われているカフェの店名だ。有名店なので、経営の参考に色々なカフェを巡った時に何度か足を運んだことがある。店員が何人も立ち働くような広いお店だった。

確か、『王室御用達《ごようたし》』の看板を誇らしげに高々と掲げていたはずだ。

店内の高価な調度品は目を引いたが、嫌味な店員が多く、貴族じゃない人間にはあからさまに高慢な態度だったのをよく覚えている。

肝心の料理はというと、「高い味がした」という印象だ。

とにかく値段が高い茶葉やコーヒー豆を使っていて、けれど管理はイマイチなのか、酸化しているとしか思えない酸味を感じた。そこに経営者のポリシーやこだわりはないのだろう。

悪い意味で高級志向で、お客様の格好次第では平気で追い返すような選民意識の高いところだ。いい豆を使い、センスのいい内装をしていても、私が目指す方向とは違うと感じて三度ほどで行くのをやめてしまった。

けれどその店で、確かにあの派手な色味を目にした記憶があったのだ。

「そうそう！　この辺の感じ悪い高級飲食店のオーナーはだいたいプセマよ」

「分かりやすく嫌な奴なんだな」

自信満々に言い切ったグレタに、マックスは感心したように頷いた。

「貴族が愛する店って宣伝して、有名貴族が来るたびにあっちこっちで自慢するらしいわ。贔屓も露骨でね。中流階級以下は完全に見下してるわね」

「自分も中流階級なのにか」

「中流の上流とでも思ってるんじゃないかしら」

グレタとマックスが話すのを聞いて、そういえばと思い出す。

ポーラ・クレインに行った時、ライアンと一緒の時は店員がすごくいい対応をしてくれたけれど、私一人の時は最低限の接客しかしてくれなかった。店全体がそういう教育をしているのか、そういう思考の人ばかりを雇っているのか分からない。とにかくあからさまな扱いの差に驚いたっけ。

そのプセマという人があの派手な男と同一人物とは断定できないが、もし本人ならばあの日の私への態度にも頷ける。完全に私やスタッフ、それにあの場にいたお客さん全員を見下していた。

「もしわざわざフローレスの店に来たのなら、断然プセマが怪しいわね」

「でも、どうして？」

なぜ多くの飲食店で成功を収めているプセマが、わざわざうちの店に嫌がらせをするのか。繁盛していたと言っても、ポーラ・クレインのような高級店とは比べ物にならないくらい小さな店なのに。

「たぶん、王族が来たってのが悔しかったんじゃない？　お客さんもいっぱいだったし」

「嫉妬か」

「丁度ポーラの貴族贔屓なやり方が露骨すぎるって人気が落ちてた頃だしね」

「そんな！　逆恨みじゃない」

そんな理由で嫌がらせされるなんていい迷惑だ。

「『王室御用達』の看板もお金で買ったって噂よ。王族は一度も来たことないとか」

「そんなこと許されるの？」

「高位貴族に気に入られれば、ある程度の融通は利くわ。悲しいことにね」

なんだかクラクラしてきた。

『王室御用達』の文言は勝手に謳《うた》っていい類《たぐい》のものではない。然《しか》るべき部署にきちんと許可を得て、正式な手続きの上で発行されるもののはずだ。そういう信頼があるからこそ、お客さんもその看板を見てお店に入るというのに。

「私を嘘つき呼ばわりして決めつけたのは、自分がしていたからなのね……」

「きっとそうよ」

げんなりする私に、グレタが確信を持って頷いた。

「それに、貴族の仲間入りをしたいみたいだから、フローレスが男爵令嬢というのも気に食わないのかも」

「不可抗力だわ！」

爵位は父だけのものであって、私には関係ないのだ。元庶民で将来的にも庶民確定なのに、そんな理由で恨まれても困る。

だけど言われてみれば、やけに庶民庶民と連呼されていた気がする。

「ふっふっふ。相手の見当がついているなら話が早いわ。まずはプセマの身辺を探るところから始めましょ」

確信を深めたグレタが、楽しそうに言って拳を握り締める。

「た、頼りにしてるわ」

まったくもって頼もしい限りだ。ちょっと怖くなるくらいに。

「やあ、盛り上がってるみたいだね」

「ライアン！」

入口のベルと同時にライアンが登場して、勢いよく立ち上がる。

今日の作戦会議はライアンも召集済みだ。彼はわざわざ半休を取ってまで来てくれた。

グレタと言いマックスと言い、なんてありがたいのだろう。

「みんな忙しいのにありがとう。すごく助かるわ」

「恋人の一大事だ。礼を言われるようなことではないさ」

「そうそう。それにもともとプセマのやり方好きじゃないし」

「プセマ?ってあの?」

名前を聞いてライアンが反応する。どうやらライアンも知っているらしい。

「本当に貴族の間では有名なんだな」

「私たち庶民には全然浸透してないのに」

マックスと顔を見合わせる。きっと貧乏人には用はないのだろう。

「それが今回の犯人?」

「まだ確定じゃないけど」

上着を脱いで私の隣の椅子に腰を下ろしながら、ライアンが「彼ならやりかねないな」と納得した顔になる。プセマという男は一体今までどれだけの人間から反感を買ってきたのだろう。

「それで、俺が憲兵と連携してしょっぴけばいいのか?」

「気が早いわ」

今にも憲兵団の詰所に駆け込みかねないライアンを慌てて制す。

「まずは本当にプセマが関わっているか確かめないと」

「だがどうやって」

「そこはグレタちゃんにお任せあれ！」

ドンと胸を叩《たた》いてグレタが請け負う。

「まず小動物の遺棄ね。深夜から早朝にかけての犯行とは言え、目撃者がゼロとは限らない。周囲に徹底的に聞き込みをして、不審人物を見た人がいないか探してみるわ」

言いながらグレタがメモ帳に何やら書き込みをしていく。手元を覗《のぞ》き込むと、どうやら調査範囲を絞ってその範囲内の知人友人の名前をピックアップしているようだ。

「それから噂の出処ね。これは噂を知っている人が誰に聞いたかを辿《たど》っていけばいいだけだからそんなに難しくないと思う。あちこちに噂を流してくれそうなスピーカー貴族が何人かいるから、そこから辿れば早いわね。私なら噂を流したければ絶対その人たちに言うし」

「恐ろしい人脈と情報網だな……」

マックスがごくりと息を呑《の》んで呟《つぶや》く。まったくもって同意だった。

「それくらいだったら騎士団で手の空いてる者にやらせるが」

「ありがとう。でもそれは遠慮するわ。騎士団を頼ったらカトレア様の耳に入っちゃうもの」

心苦しく思いながらも控えめなライアンの提案を断る。

確かにライアンの伝手《つて》を頼れば解決は早いだろうけれど、騎士団が動けばカトレアが気付かなくていいことに気付いてしまう。数回会って話しただけでも、彼女の聡明《そうめい》さと素直さはある程度理解できていた。おそらく今回のことの発端は自分だと思い、自身を責めてしまうだろう。違うと否定しても、迷惑をかけまいと二度と店に来てくれなくなってしまうのではないか。

せっかく仲良くなれたのに、そんなことで彼女と会えなくなるのは嫌だった。

「確かに……カトレアならそういう結論に至りそうだ」

「でしょう？　だからできるだけ国家権力は使いたくなくて」

「あら、私だって騎士団に負けない働きをしてみせるわよ？」

納得を見せつつもやや不服そうなライアンに、グレタが割って入る。

「ありがとうグレタ。調査にかかった費用はあとで私に請求してね」

「そんなのいいって。いつもタダで美味《おい》しいコーヒー淹《い》れてもらってるし。なんならこの先も永久にタダで飲むつもりだし」

「そんなの私が好きでしていることじゃない」

茶化すように言うグレタに苦笑する。店で出すコーヒーとは言え、友人に振る舞っているものだ。その程度でチャラになるような簡単な作業でないことくらい、私にも分かる。

「いいのよ。友人ネットワークに声掛けるだけだし、何より私自身がこんな卑怯《ひきょう》なこと許せないだけ」

「クリフォード公爵家の人脈も必要ならいつでも言ってくれ」

「助かるわ。でも、いいの？」

グレタに競うように名乗りを上げたライアンに問うと、彼は「もちろん」と言って笑った。

「フローレスが望むなら、公爵家の力を使ってどんなことでもしてあげるよ」

「あ、ありがとう……」

冗談でも大袈裟《おおげさ》でもなく、本当になんでもしてくれそうな雰囲気に冷や汗が出る。迂闊《うかつ》に頼ったらえらいことになりかねない。

「でも、それってズルじゃない？」

グレタもライアンも厚意から言ってくれているのはよく分かっている。

だけど、否定しなかっただけとは言え結果的にカトレアの威光を笠《かさ》に着て店を繁盛させていることから目を逸《そ》らしてしまった前科がある。そしてその結果が今だ。

もしあの時噂をきっぱりと否定して、カトレアが店に来る影響も熟慮して彼女の再来店を阻止していたら。プセマとは限らないまでも、誰かの嫉妬を買ったり、経営方針がブレたりすることはなかったはずだ。

カトレアから出向いたのだとしても、自分から噂を流したのではないのだとしても、王族が関わることなのだからもっと慎重になるべきだった。

店を閉めてから、ずっとそのことを反省していた。

それなのに、またこんな風に友人や恋人の力を無償で受け取ってしまっていいのだろうか。

「いいかいフローレス。誰かがキミに協力したいと思うなら、それはキミの人徳だ。これまでフローレスが積み上げてきた信頼と絆《きずな》で、それはキミの財産だ。それを利用して何が悪い」

不安に思う私に、ライアンが爽やかにきっぱりと言い切った。

「た、確かに……？」

「そうそう、私のこともマックスのことも、好きに使えばいいのよ。嫌なら嫌ってちゃんと言うし。それくらいの信頼関係は築けていると思ってるんだけど。違うかしら？」

頷きつつも本当にそんな傲慢な考え方でいいのかと戸惑う私に、グレタが挑発するように笑う。

「……違わない、けど」

「強制婚約だって店の踏み台にしたおまえが、今更何を遠慮してる」

「それとこれとは別だと思うわ」

追い打ちのようにマックスに言われ、グレタは呆れたが、確かにその通りかもしれないと思えた。

本来の自分は、持てる手札は逆境だろうと全て利用してしまえという人間だった。変な遠慮や自己完結は、問題の解決を遅らせて巻き込まなくていい人さえも巻き込んでしまうから。それをもう知っているのに。

ここのところ自分を見失いがちだったという反省は、まだまだ継続必須らしい。

それにリカルドのことはともかく、彼らが困っていたら私だって何の見返りもなくいくらでも利用してほしいと思う。好きな人に協力できるのが嬉しいのだ。彼らが私に対してもそう感じてくれているのだとしたら、これほど嬉しいことはない。

だからもう過剰な遠慮はやめよう。

「分かった。ボロボロになるまでみんなを使い倒すわ」

「そこまでしろとは言ってない」

私の冗談に、マックスが冷静に突っ込んでくれる。今はもうそれすらありがたく感じられた。

「ライアンの家の力も……カトレア様のネームバリューも、借りる時がくるかもしれない」

できるだけそれはしたくないけれど、最終手段として使っていいと思うだけでも気が楽になる。

「公爵家の人間の心を射止めたのはフローレスの持つ魅力ゆえだ。王女殿下に気に入られたのも然り。存分に使い倒すがいいさ」

ライアンが真面目なのか冗談なのか分からないトーンで言って、グレタが「ライトマン伯爵家の娘にもね」と笑いながら付け足した。

「ありがとう。その時は擦り切れるまで使うから覚悟してね」

だから私も笑って返す。もちろん本気でそんなことをするつもりはないけれど。

「しかしそうなると俺は今回あまり役に立ちそうにないな」

唯一私と同じ庶民であるマックスが、やや残念そうに言う。

「コーヒーの相談に乗ってくれるだけで十分よ」

本心から言うと、グレタの目がキラリと光った。

「マックスが輝ける場所に関しては私に考えがあるわ！　行くわよマックス！」

「どこに」

憤然とグレタが言い放ち、マックスがきょとんと目を丸くした。

「それはまだ決めてないわ。けどフローレスはこれから食事メニューの見直しでしょう？　それはライアンと二人でやってもらうことにして、私はマックスと二人で別件の作戦会議をさせていただくわ」

どうやら突発的な思いつきらしい。あやふやな提案に、マックスが不審げな目をしている。

「なんの作戦？　ここで一緒にじゃダメなの？」

「ダメよ。二人だけのヒ・ミ・ツ」

妙に色っぽい仕草でグレタが口元に人差し指を立てる。

密談の相手に指名されたマックスは、まったく状況が飲み込めなくて訝《いぶか》るように顔をしかめるだけだった。


それからすぐに、宣言通りグレタはマックスを連れて店を出て行ってしまった。

「……じゃあ、俺たちはメニューの会議をしようか」

取り残されたライアンが、釈然としない顔のまま現行のメニュー表を広げる。

「グレタったら、思いついたら即実行が過ぎるわ」

呆れながら私は以前のメニュー表を取りにキッチンに入る。

現行のメニュー表は、一見のお客さん向けのシンプルなものだ。ドリンクも料理も種類は最低限で、急ごしらえなのでイラストもない。対する旧版はあちこちのカフェを研究して作った、気合いの入ったラインナップとイラストを記載している。

「やっぱ断然こっちよね」

「うん。美味しそうだ」

テーブルに戻って二つのメニュー表を見比べる。

自画自賛になるけれど、イラスト入りはパッと見で分かりやすいだけでなく、確実に食欲をそそる仕上がりだ。

「回転率重視は向いてないってことは今回の件で十分に分かったわ。お客さんの顔が見られないくらい忙しいのも」

「フローレスはコーヒーを飲んで幸せそうな顔をする人を見るのが好きだから」

「よくご存じですこと」

あっさりバレていたことが恥ずかしくて、拗《す》ねた口調で言う。ライアンは得意げな表情で私の頬に触れた。

「料理はどうしよう。カフェだとやっぱり軽めのものが好まれるわよね」

「食事は絶対に軽食よりもボリューム重視にした方がいいと思う」

ライアンが自信満々に言い切って、旧版のメニューからいくつかピックアップしていく。

「これとかこれはもっと値段が上がってもいいから量を増やした方がいい」

「そんなにしっかり食べていく人いるかしら？」

確かに食事自体の満足度は上がるけれど、それならレストランに行った方がいい気もしてくる。

「騎士団員でこの店のファンは多くてね。すごく美味しいけど量が物足りないって言っているのをよく聞くよ」

「そうなの？　確かに騎士さんたちには物足りないかも……そしたらメインになる料理の種類を増やして、パンとかスープをつけたら少しお得になるセット価格とかどう？」

「いいね。きっとみんな喜ぶ」

「単価が上がればゆったり食事してもらっても困らないし、店の雰囲気にも合うわ」

ライアンの意見を聞きながら、提供しやすいセットメニューを考えていく。

「ただ、そうすると女性客が減ってしまうだろうか……」

「ううん、女性向けの食事メニューも実は考えてて。野菜たっぷりの料理に、旬の果物を使ったデザートをつけたセットとかどう思う？」

「俺が頼みたいくらいだ」

真面目な顔で言うので思わず笑ってしまう。これは男性向けのボリューム重視セットの方にも焼き菓子を入れた方がいいかもしれない。

その後も二人であれこれと客単価を上げつつ固定客になってもらえるような案を出し合い、メニューを見直していく。

「でも、そうなるとやっぱり冷蔵庫だけじゃ実現できないのよね……」

メモでびっしり埋まった紙を見ながら眉根を寄せる。

片っ端から書き出した案は確かにどれも魅力的だけど、手が込んだものが多い分、仕込みが必要なものばかりだ。経営が順調だった頃にもこういった案はいくつかあったが、長期保存がきかないために断念していた。

お客さんが激減した今の状態では、保存期間が特に問題となる。

「でも冷凍機能付きのだとなかなか手が出ないんだよなぁ」

テーブルに頬杖《ほおづえ》をついてため息をつく。

魔法の希少性のせいか、冷蔵機能のみの保管庫より冷凍機能搭載のものは値段が跳ね上がる。店の方針を変える以上、設備投資はもちろん大切だけど、いかんせん価格が高すぎた。

繁盛していた時の売上と、これまでの積立金を全部注ぎ込めば一番小さいのくらいなら買えなくもないが、先行き不透明な中、今ある資金を全て失うのはさすがに躊躇《ちゅうちょ》してしまう。

「なら、俺が資金を出そう」

持ってきたカタログとにらめっこする私に、ライアンが妙案を思いついたとばかりに嬉しそうに言う。

「却下」

その顔は非常に可愛《かわい》かったけれど、残念ながらそれは聞き入れられない。

頼れるところは頼ると決めたばかりだけど、そういう頼り方はしたくなかった。

「ローンを組めば……けどもうあのでたらめな回転率は維持できないし……小さいのじゃあんまり意味が……うーん」

大容量版は目が飛び出るほどに高い。

再開しても客足の予測がつかない今、仕入れの量も不透明だ。仕入れが安定しない以上、極力長く食材の鮮度を保ちたい。メニューを新しくするなら余計だ。

もし冷凍庫を導入することができないのなら、あれもこれも諦めなくてはいけなくなる。そうすると、営業を再開しても目新しいことが何もなくなる。そんな店に、新規のお客さんを呼び込むことができるだろうか。


「そうだ、同僚に頼むのはどうだろう」

「同僚?」

一から考え直しか、と頭を切り替えようとしたタイミングでライアンが言う。

「ああ。騎士団に氷魔法を得意とする同僚がいるんだ。彼に属性付与をしてもらえばいい。大きめの保管庫を買うだけなら安く済むだろう?」

「……そんなことができるの？」

「ああ。剣に付与するのも保管庫に付与するのもそう変わらない。いい人だからきっと引き受けてくれると思うよ」

「そ、それって騎士団でもその人に属性付与してもらう時ってお手当とか出すのよね？　相場はどれくらいかしら」

にわかに浮上した選択肢に浮足立ってしまう。

確かに商品として購入するより、属性付与というものをしてもらった方がお得な感じがした。

「手当なんか出ないよ。魔法が使える騎士はその分基本の給料が高いから」

ライアンが笑う。彼自身も魔法が使えるから、きっと手当もなく色んなことをやらされているのだろう。

「だからきっとタダで構わないと思う」

「ダメよ！」

軽い調子で言うライアンを全力で否定する。

「この際だからライアンの人脈は私の人脈って開き直らせてもらうことにするわ。けどタダは絶対にダメ。その人の能力はその人の財産よ。きちんと見合う金額を払うべきだわ」

「わ、分かった。もう言わない」

熱く語る私にライアンがタジタジとなる。私の言いたいことはしっかり伝わったらしい。

自分が得をさせてもらうのであれば、その相手にだってできるだけ得をしてほしい。しかもその騎士団の人は、私の友人でもなんでもないのだ。会ったこともない人に、買えば高価なものをタダで提供しろなんて厚かましいことを言えるわけがない。

「だけど困ったわ。魔法の属性付与なんて初めてで相場が見当もつかないし……ライアンは外部の人からそういう依頼受けたことある？」

「ないし、他の人から聞いたこともないな……」

それもそうか。公爵家の子息にそんな依頼をする剛胆な人間なんているわけない。騎士団にしたって、いくら彼らの能力が高いからと言ってもわざわざ敷居の高いところに頼みに行く必要性がない。魔法を使える人間は少ないけれど、魔道具への付与を専門とする人がいる以上、そちらへ頼んだ方が間違いなくスムーズだ。

「そうよね……魔道具専門店の人に聞いてみようかしら？　でもきっと企業秘密よね」

「なら直接本人に聞けばいい。二人で相談して決めれば、きっと納得いく金額になる」

ライアンの提案に思わず両手を打ち鳴らす。確かにそれが一番話が早い。

「そうね！　そうするわ！　訓練場に行けば会えるかしら？　もし良かったら予定を聞いてもらえる？」

「もう王宮に戻っていると思うから、帰りに寄って今日中に話を通しておくよ」

「ありがとうライアン！　ごめんね、あなただって忙しいのに」

「いいんだ。俺も役に立てそうで良かった」

ライアンが目を細めて嬉しそうに笑う。

その笑顔に胸がぎゅっと締め付けられる。

恩着せがましいことを言うでもなく、文句の一つもない。どうしてこんな素敵な人が私を好きでいてくれるのだろう。

「……私、絶対に幸せにするから！」

それでももう卑屈になって間違った選択をしたくはない。

もう二度とライアンを傷付けないように、全力で頑張ろう。

「フローレスと出会ってから、幸せじゃない日はないんだけどな」

そう言ってライアンははにかむように笑った。

ライアンはいつだってなんの計算もなく私を喜ばせることを言ってくれる。

「十年後にはもっと幸せを感じさせて、今の言葉を後悔させてあげるわ」

「それじゃ悪役のセリフだ」

私も喜んでほしくて精一杯に考えた決め台詞《ぜりふ》は、無事にライアンを笑わせることに成功した。

◇◇◇

翌日、早速ライアンと考えた料理の練習に取り掛かった。

ひとまず今冷蔵庫にあるもので作れるものを作ろう。それから買い出しに行って、仕入れ値を検討しつつ新しいレシピを考えよう。もし冷凍庫が本当に手に入ることになったら、生鮮食材だってたくさん仕入れられるようになる。そうなったら仕入れ値の交渉が楽しみだ。

それにしても氷属性の魔法が得意という騎士はどんな人だろう。もし値段を吹っ掛けられたらどうしよう。ライアンはきっと大丈夫と保証していたけど底抜けの善人とかだろうか。

お互い納得できる価格交渉ができるといいのだけど、初対面の、しかも商売人ではない人相手に上手くできるだろうか。

なるべく早く会いに行ければいいのだけど。騎士団の人間は常に忙しいみたいだから、下手をしたら店の再始動より後になってしまうかもしれない。もちろん最初はお客さんなんてほとんど来ないだろうから、ある程度はのんびりでもいいのだけど。冷凍庫があるのとないのとでは予定がかなり違ってくる。

意気込みと緊張でソワソワしつつも新メニューの試作とメニュー表の作成を並行していると、カーテンを閉めたドアの向こうからコンコンとノックの音が聞こえてきた。

店は臨時休業のプレートを出したままだし、誰かと会う約束もしていない。

一体誰だろうと、コンロの火を止めてドアに近付く。

「突然申し訳ない。ライアン・クリフォードの紹介で来たのだが」

低く滑らかな声が聞こえて、慌ててドアのカギを開けた。

「わざわざすみませんっ、今開けます！」

この人が氷属性持ちの。昨日の今日なのに、まさか店まで来てくれるなんて。

混乱しながら大急ぎでドアを開けて、現れた人物に自分の目を疑った。

「……ロドリー・コンバーチだ。もう何度か会っているから自己紹介は不要だろうが」

そこに立っていたのは、カトレアの護衛騎士として店に来てくれていた厳《いか》つい青年だった。

「え、あれ、カトレア様のお使いで……？　あ、でもライアンの紹介って今」

「混乱させてすまない。カトレア姫とは別件だ。保管庫に属性付与をしたいと聞いて来たのだが」

予想外の人物の登場に固まっていると、ロドリーが困ったように眉尻を下げて丁寧に説明してくれた。

「あっ！　そうですよねごめんなさい！　どうぞ中へ！」

「表から入るのは二度目だな」

自分の察しの悪さに焦って赤くなる私を、気遣うようにロドリーが軽口を言ってドアをくぐる。

ライアンたら、先に言っておいてくれれば良かったのに。カトレアの護衛騎士であるロドリーと私が顔見知りなことくらい分かっていたはずだ。きっと驚かせたかったとかそんなところだろう。

次のデートの時には文句を言わなくちゃ。

盛大に動揺を見せてしまったのが恥ずかしくて、この場にいない恋人に心の中で八つ当たりをする。

けれど魔法を使える騎士なんてエリート中のエリートだ。カトレアの護衛騎士であるロドリーが来る可能性に、少しくらい気付くべきだったかもしれない。

「そういえばそうですね。いつも裏口からのご案内になってしまってすみません」

「こちらこそ。色々と迷惑を掛けてしまったようで申し訳ない」

どうやらライアンから依頼の際に事情を聞いているようで、ロドリーは案内されたテーブル席の椅子に座りながら頭を下げた。

「あっ、カトレア様にはこのことは……」

「もちろん言ってはいない。気遣い感謝する」

その言葉にホッと胸を撫《な》でおろす。ロドリーを通して今回のことが伝わってしまったら大変だ。

「カトレア様、もう戻られたんですね」

「ああ、三日ほど前に。それで長期勤務明けということで、今日はちょうど休みだったんだ」

「貴重なお休みにわざわざすみませんでした」

ロドリーが毎回注文していたコーヒーを淹れながら詫びれば、彼は気にした様子もなく微《かす》かな笑みを浮かべた。

「なに、構わんさ。おかげでここのコーヒーが堂々と飲める」

それから漂ってきた香りを楽しむように目を閉じる。

「騎士団の詰所では作り置きの不味《まず》いコーヒーしか飲めないんだ」

「あはは、ライアンもボヤいていました。そんなにひどいんですか?」

「それはもう。姫様の警護中は紅茶しか飲めないし、美味《うま》いコーヒーを飲む口実ができて助かった」

「それは光栄です」

ロドリーの気遣いをありがたく思いながら、とびきり丁寧に淹れたコーヒーを出して、彼の正面に座る。

「それで、属性付与をする保管庫はもう用意しているのか」

早速コーヒーを飲みながら、ロドリーが問う。

「いいえまだです。価格の見当がつかなかったので、聞いてから決めようかと」

普通、市販されている冷凍機能搭載の保管庫は、大きさによって価格が段違いだ。きっと大きければ大きいほど魔力の消費量とか付与の難しさが変わるのだろう。だからまずは確認をしなければ。

「保管庫の値段なら店に行けば分かるだろう……?」

そう考えて、付与してもらう保管庫の用意はまだしていなかったのだけど、それだと問題があるのかロドリーが首を傾《かし》げた。

「いいえ、大きさ次第では交渉決裂の可能性もあるので……?」

「店で価格交渉をするのか……?」

なんだろう。なんだかお互いになんとなく疑問符を頭に浮かべながら話している気がする。

「……あの、保管庫の大きさによって属性付与の難易度が変わったりは」

「しないな」

「付与にかかる時間は」

「変わらん」

「手間は」

「ないも同然だ」

端的な回答にごくりと唾を飲む。

この感じ、なんだか私の最愛の人を彷彿《ほうふつ》とさせる。

「ずばり、今回の依頼に対しておいくらを想定してらっしゃいますか!?」

「うん？　属性付与ならタダでやるが」

「ダメですってば!!」

思わずダン！　とテーブルを叩いて言うと、ちょうどソーサーにカップを戻そうとしていたロドリーの手が跳ねてガチャンと音を立てた。

このお金へのこだわりのなさ、間違いなくこの人貴族だわ。なんなのこの呑気《のんき》な感じは。お金はすごく大事なものなのに。それに自分の能力を安く見積もりすぎよ。市販品の一割引きくらいでお願いできたらすごくラッキーとか思ってたのが馬鹿みたい。

「す、すまない、何か気に障ったか」

「いいえコンバーチさんは何も悪くありません……こちらこそ驚かせてしまって申し訳ありませんでした」

行き場のない憤りのようなものを抑え込んで頭を下げる。

貴族と庶民の考え方の違いはままあることだ。それにいちいち衝撃を受けても仕方がない。

「でもあの、これは商売に使うものですし、ご厚意に甘えるわけにはいきません」

「そういうものか？　本人がそれでいいと言うのだからいいと思うんだが……」

不服そうながらもロドリーは考え込むように腕を組む。それからカップに視線をやって、さらに作成途中のメニュー表にその視線を移した。

「ではこうしよう。コーヒー無料券十回分」

「永久無料にしてもまだ安すぎます」

「そうか……」

即座に却下されてロドリーが肩を落とす。もともとガタイのいい人がすると、急に萎《しぼ》んで見えるから不思議だ。

「うーん……」

もっと何かないのかと待ってみても、どうやら本当にそれ以上のことは思いつかないらしい。ライアンもそうだが、貴族だという以外にも、騎士という職業柄こういった交渉ごとには向かないなんてことがあるのかもしれない。

「……そういえば、ライアンの同僚と聞いていたので同じ所属の方が来るのかと思っていたのですが、前は一緒だったんですか？」

なかなかいい条件が思いつかないようなので、ただの世間話として聞いてみる。

こんな頼みごとを聞いてくれるくらいだ、ライアンとロドリーはかなり仲が良いのだろう。

ライアンの所属する騎士団は第一から第五までが存在し、憲兵としての第五騎士団以外は有事の際に国外に駆り出されるのが基本だ。ライアンは精鋭部隊と言われる第一騎士団に所属している。

カトレアの護衛を務めるロドリーの所属は、国王直属の近衛《このえ》騎士団だろう。ライアンとロドリーの歳《とし》はかなり離れているように見えるし、一体どのタイミングで知り合ったのか。

「ああ、ライアンとは騎士団で知り合ったのではなく、家同士が古い付き合いでもともと交流があったんだ」

ロドリーの話によると、コンバーチ子爵家は代々優秀な騎士を輩出してきた名門で、国の重鎮であるクリフォード公爵家とは懇意にしてきたらしい。それで幼いライアンとも交流があったのだという。

小さい頃から騎士を目指していたライアンにとって、すでに騎士団で目覚ましい活躍を遂げていたロドリーは憧れの存在だったのかもしれない。

「だからこんなに親切にしてくださるんですね」

「もちろんそれもあるが、それだけではない」

「他にも理由が？」

「俺がこの店を気に入ってるんだ」

ロドリーが笑いながら答える。

「姫様の護衛という名目で来ていたが、実は食事もコーヒーもすごく好みなんだ」

「そうだったんですか!?」

コーヒーを飲む口実と言っていたのは、社交辞令や気遣いではなかったらしい。まさかそんな風に言ってもらえるとは思わず、驚いてしまう。

カトレアの護衛で来ている時はほとんど表情も動かず、黙々と食事とコーヒーを片付けて何も言わずに帰るから、仕事で仕方なく来ているのかと思っていたのだ。

それがこんなに話しやすい人だったというだけでも意外だったのに、うちを気に入ってくれていたなんて。

「だから役に立てるのが嬉しくてな。特にここはビーフシチューが最高で……そうだ！　ビーフシチューの割引券でどうだろう」

名案だとばかりにロドリーの顔がパッと輝く。そんなのコーヒー無料券と大して違わないのに。せめてなぜ割引券ではなく無料券と言ってくれないのか。

「分かりました」

「おお」

ため息交じりに頷くと、ロドリーが嬉しそうに口元を綻ばせた。

「コンバーチさん個人に限らせていただきますが、当店での永久無料お食事券を差し上げます」

「は？」

「もちろんドリンクも無料です。好きな時にいらして、好きなものを好きなだけご注文ください」

「ま、待て、何を言っているんだ」

ロドリーが焦ったような顔でオロオロしだすが、それに構ってはいられなかった。

「それから期間限定メニューの試食会へのご参加も是非」

困った顔で私を止めようとしていたロドリーが、それを聞いてぴくりと眉を跳ね上げた。彼は腕組みをして、しばし悩むような沈黙のあと、細く小さな息を漏らした。

「……交渉成立だ」

ロドリーが真剣な顔で大きくて分厚い右手を差し出す。私はそれをガシッと摑《つか》んでコクリと頷いた。

正直これでもまだこちらが有利すぎる。無料券を渡したってロドリーが店に来られるのは良くて週一くらいだろうし、いくら騎士らしい大食漢だとしても大したダメージはない。

「……それでもまだ足りない気がします」

手を離した後もイマイチ釈然とせず、もっといい条件を提示できないか考える。

「はっはっは。アークライト嬢は難儀な人だな」

けれどロドリーはすっかり納得がいったようで、私の後ろめたさを闊達《かったつ》に笑い飛ばした。

「本当は店が再開するだけでも十分な見返りなんだ。それなのに破格の条件をつけてもらって俺としてはありがたいことこの上ない」

「でも……」

「ではこう考えたらどうだろう。あなたが研鑽《けんさん》した料理の技術を、俺が研鑽した魔法の技術で買ったのだと」

そう言われてぱちくりと目を瞬く。

確かにそう考えれば、対等な条件と言えなくもないかもしれない。

それでもやっぱり私の方がより得をしている気がしたけれど、料理の腕を手放しで褒められているようで嬉しかった。

「……それでは、その条件でお願いいたします」

深々と頭を下げると、ロドリーは「任せておけ」と頼もしく請け負ってくれた。

◇◇◇

ロドリーと交渉が成立したその日のうちに大きな保管庫を買いに行き、翌日の配送を手配した。

ロドリーは翌日の休憩時に店まで来てくれて、その場で属性付与の魔法をかけてくれた。

何やら難し気な文字の描かれた円形の何かが浮かび上がったあと、それはまばゆい光を放ってすぐに消えてしまった。それでもう終了らしい。

実家の保管庫でも実践済みだったらしく、手慣れた作業だった。

希少性の高い能力でも、本人にとっては甲冑《かっちゅう》をフルで着る方が余程疲れることらしい。

なるほど、タダでいいと言えるわけだ。

こうしてようやく再出発の準備が整い、店を開ける決心がついたのはその翌週だった。


店のカーテンを開け、朝陽《あさひ》をたくさん浴びながら無心でコーヒー豆をゆっくり丁寧に挽《ひ》いていく。

その素晴らしい香りを胸いっぱいに吸い込むと、得も言われぬ幸福感に満たされた。

休業前はとにかくお客さんを多くさばくことばかりで頭がいっぱいで、閉店後も寝ている時間以外は仕込みに追われて、こんなゆったりとした時間ももてなかった。

店に来てくれる一人一人の顔を見ることもできず、それぞれの好みを把握するなんて到底できやしない。たくさんの人がコーヒーを飲んで帰ってくれているはずなのに、どこか空虚な気持ちを常に抱えていた。

今、芳《かぐわ》しい香りで店内が満ちていて、これが私のしたかったことだと心から実感している。

もちろんお客さんがいない状態では店とは言えないが、少なくとももうあの日々には戻りたくなかった。

朝の仕込みを終えて、開店時間と同時にお勧めメニューを書いた立て看板を出し、ドアのプレートを掛け替える。

再開初日が晴天で良かった。

春の陽気に嬉しくなる。

休業前はすでに外で待っている人がいたのに、今は誰もいない。もしかしたら今日は一人もお客さんが来ないかもしれない。

そんなことを思いながらカウンター内の定位置に座り、読みかけの本を開く。

背面には新調したばかりの大きな冷凍庫があって、中身はまだスカスカだ。

だけどいつか食材で満たされる日がくる。

不安は一つもなく、そんな予感でワクワクしていた。


半分ほど読み進んだ頃だろうか。

カラン、とベルが鳴って、顔を上げる。

「やあ、開いとるかね」

帽子を軽く持ち上げながら、微笑《ほほえ》みを浮かべた老紳士がドアの隙間から顔を覗かせてそう訊《たず》ねた。

「っ、お久し振りです、もちろん、どうぞお席へ」

それが誰かに気付いて、思わず頬が緩む。それから慌てて立ち上がり、老紳士に駆け寄った。その人は開店当初から通ってくれていた常連さんだった。まさか来てくれるとは思っていなくて、スマートなご案内なんて頭から吹き飛んでしまったことを恥じる。

「ずっと閉まっていたから心配していたよ」

「ありがとうございます……今日からまた営業いたしますので、是非いらっしゃってください」

薄手のコートを受け取って、壁のハンガーに掛ける。彼はニコニコと、本当に嬉しそうに定位置だった椅子に座り、メニュー表を開いた。

「ああ良かった。私の好きなコーヒーが戻っているね」

「その節はとんだご迷惑を……」

彼は店が一見客で溢《あふ》れていた頃に一度来て、それからメニューのラインナップが変わっていることに気付いて悲しそうな顔をしていた。それなのに忙しさのあまり、フォローの声掛けすらできないでいたのをずっと悔やんでいた。

「いいんだ。またこうして前みたいにくつろげるんだから」

賑《にぎ》やかなのは少し苦手でね、と老紳士が照れ笑いを浮かべる。

彼がやんごとない身分の方だというのは薄々気付いている。けれどちっとも偉ぶらないし、こうして穏やかに接してくれる。店の雰囲気が合わなければクレームをつけるのではなく静かに去るのみ。そしてまた気に入れば、余計な詮索もせずに来てくれる。

私が大切にしたかったのは、こういうお客さんだ。

「おお、食事のメニューがだいぶ変わったね。ふんふん、これは美味しそうだ。しまったな朝食を抜いてくれれば良かった」

「デザートのメニューも是非ご覧いただきたいです」

にやりと笑って言えば、彼は目を輝かせて最後のデザートページを開いた。

「これは……！」

彼は甘いものに目がない。けれど健康に悪いと家では奥さんに止められていて、たまにうちでこっそり食べるのを楽しみにしていた。

「チーズケーキやフルーツケーキはお砂糖控えめですし、ゼリーも果物たっぷりで満足度が高いはずです」

「ほう……」

自信をもってお勧めすると、彼の目は低カロリーデザートに釘付《くぎづ》けとなった。老紳士の頬が薄《う》っすら上気しているのが可愛らしい。

女性向けのセットメニューも設定したことだしと、女性客を狙ってヘルシーなデザートを考案したのが役に立ったようで嬉しかった。

保管庫を新調したおかげでデザートメニューも充実させることができたのだ。本当に、ロドリーには感謝してもしきれない。

「素晴らしい……これは通う回数が増えてしまうな」

「毎日来てくださってもいいんですよ？」

冗談めかして言うと、老紳士は軽やかな笑い声を上げた。

彼はお気に入りのコーヒーとフルーツケーキを頼んで、ゆっくりと味わって満足げに帰っていった。

その後またしばらく無人の時間が続いて、今度は四人組の女性客が来店した。

「フローレス！　久しぶりね！」

彼女たちは控えめな歓声を上げ、私が立ち上がるより早くカウンターに駆け寄ってきた。

「来てくれたんですか!?　ありがとうございます！」

「やだ、こっちこそありがとうよ。お店の雰囲気、戻してくれて嬉しいわ！」

きゃいきゃいと若い娘らしくはしゃぐ彼女たちとの再会に、心が高揚する。

まるで友達みたいに接してくれるけれど、本来ならまともに口をきくこともできないような貴族の御令嬢達《たち》だ。

社交界ではスキャンダルはご法度で、真偽が不確かなものでも一度マイナスのレッテルを貼られたものには近寄らないのが常だ。それなのにそんな彼女たちが、悪い噂の流れるこの店にまた来てくれた。それだけでも嬉しいのに、こうして再出発を喜んでくれるなんて。

彼女たちは女性向けのセットメニューに沸いたあと、デザートにも歓声を上げた。狙い通りに受けているようでホッとする。

「……でも、ここに来て大丈夫ですか？　みなさんが悪く言われたりしません？」

先に飲み物を提供しながら、心配になって問う。

「あんな噂、全部嘘だって知っているもの。それでぐちゃぐちゃ言ってくるような男性なら、こちらから願い下げよ」

けれど彼女たちは美しい笑みを浮かべて強気な発言をした。

「だいたいね、リカルド・スターリングをベコベコにへコませたあなたは私たちにとってヒーローなのよ」

「彼に泣かされてきた子は多いからね」

「それが今更誑《たぶら》かしただの弄んだだの言われてもねぇ？」

令嬢たちはせせら笑うように言って、そこからリカルドの悪口大会が始まった。

美しい唇から紡がれるリカルドへの誹謗《ひぼう》は、下品な言葉こそ使わないけれどなかなかにエグいものだった。

そのギャップを楽しみながら、注文された料理を次々に仕上げていく。

出来上がった料理を持っていくと、いっぱいになったテーブルにまた歓声が上がった。

彼女たちの反応があまりに良くて、お茶の時間にお客さんが一組しかいないというのに、楽しくて仕方がなかった。

「ねぇ、フローレス。私たちは知っているから」

食後のお茶を楽しみながら、令嬢たちの中でもひときわ身分が高いと思われる彼女が微笑みながら言う。

「何をでしょう」

空いたお皿を片付けながら首を傾げる。

「あなたとライアン・クリフォードが、いかに誠実に愛を育んできたかをよ」

不意打ちを受けてお皿を持つ手が滑りそうになる。危うく割ってしまうところだった。

「ずっと間近で見ていたもの。じれったくて仕方なかったわ」

ウィンクと共に言われて赤面する。

「全部お気付きでしたか……」

「それはそうよ！　二人の関係の進展を見たくて通っていたところもあるもの」

「お互いいつ気付くのかってやきもきしてしまいましたわ」

「あら私は羨ましかったわ。甘酸っぱくて、私もあんな風に想われたぁい」

畳み掛けるように私とライアンのことを言われ、居た堪《たま》れない気持ちになってくる。

恋愛は第三者の方がよく見えていると言うけれど、本当にその通りらしい。

常連陣には閉店間際に来るライアンと私が少しずつ仲良くなっていく過程を、間近で見られていたのだと今更ながらに気付いて顔から火を噴きそうだ。

「噓にまみれた噂なんてすぐに消えるわ。だから堂々としていなさい。あの難攻不落のライアン・クリフォードを射止めたあなたですもの。きっと上手くいくわ」

「……ありがとうございます」

じわりと視界が滲《にじ》む。頭を下げて、涙がこぼれ落ちないように耐えるのが大変だった。

なんだか店を閉めてからお礼を言ってばかりだ。

こんなにもたくさんの人に支えられているのだと、窮地に立って以来何度も実感している。

これまで頑張ってきたことは無駄じゃなかったんだ。そう思えた。

完全回復にはまだ時間がかかるだろう。それでもこの店を愛してくれている人は確実にいるのだ。

私の目指す店。それはお客様にとって居心地のいい空間であること。そしてそれは店主である私にとってもだ。

今、夢見た店に少しは近付けていたのだろうか。

「この店が好きよ。それにフローレス、あなたのことも。大変だと思うけど頑張って」

励まされて奮い立つ。一度逸れてしまった道でも、優しく導いてくれる人たちがいるから。

「はい。必ずもっと素敵な店になるように努力します」

「その意気よ」

彼女が嬉しそうに笑う。だから私も泣くのではなく笑い返した。

「だからたくさん通ってくださいね」

「……ちゃっかりしているわ」

彼女は呆れた顔をして、それでも「コルセットがきつくなったらあなたのせいよ」と笑ってくれた。

すっかり初心に戻って誠実な営業をしていると、飽きられたのか徐々に噂も下火になっていくのを肌で感じた。

そうして空気が緩むにつれわずかずつだが客足が増え、私をよく知っていて噂を鼻で笑うような常連客たちが戻り始めたのだった。

◇◇◇

営業再開から一ヶ月が経って、全盛期には遠く及ばないまでもチラホラと席が埋まるようになってきた頃。

閉店後の店に、小さな春の嵐が舞い込んだ。

「ロドリーばかりずるいですわ！」

憤慨しながら言うカトレアは、ロドリーが抜け駆けしたのだと私に直談判《じかだんぱん》しに来たらしい。

「これは主に対する裏切りよ！」

目に涙を溜《た》めて憤る彼女に、護衛騎士としてしっかりお供についてきたロドリーが、なんと宥《なだ》めようかとオロオロしている。

彼は私が作った永久無料会員カードを持って、週に一度は営業中に来てくれていた。会計のたびに本当に払わなくていいのかと挙動不審になるロドリーがおかしくて、彼の来店を心待ちにするようになっていた中での出来事だった。

カトレアは、私がライアンに伝えてもらったように帰国後も私の店に来たいのを我慢してくれていたそうだ。それなのに護衛騎士であるロドリーが、私の店に通っているのを知ってしまった。

それで行きたいのに行けないという不満が爆発してしまったらしい。

「あの、カトレア様？　コンバーチさんは決して抜け駆けをしたわけではなくてですね」

「いいえ抜け駆けです！　私がこんなにも我慢しているのに、一人で行ってしまうなんてひどい！」

プルプルと震えながらむくれるカトレアは非常に愛らしい。ずっと見ていたかったけれど、このままではロドリーがクビにされかねない。

「彼は店のために協力してくださったんです。ホラ、保管庫が新しくなっているでしょう？」

大きな保管庫を指し示すと、カトレアが胡乱《うろん》な視線をそちらに向けた。

「……確かに。以前はあんな大きなものはありませんでしたわ」

「買うとなるとすごく高価なものなんです。それをコンバーチさんのご厚意で、タダ同然で導入することができたんです。ね？」

私が話を振ると、ロドリーがコクコクと必死に頷いた。

カトレアはなおも恨みがましい目で彼を見ていた。まだ弁明が足りないらしい。

「これがあればたくさんのデザートがご用意できるんです。だからその、コンバーチさんはカトレア様のためを思って、その後もこの店がカトレア様にとって相応《ふさわ》しい店かを確かめに、定期的に視察にいらしてたんですよ。ね？」

「そう、そうです、決して姫を出し抜こうなんて考えたわけではありません」

私の嘘にロドリーが必死に便乗する。冷静な顔に見えるけれど、たぶん背中にはじっとりと嫌な汗をかいているはずだ。

「そういうことでしたら……でも、フローレスのお店が素敵なところだって、わたくしはもう知っていますのに」

「姫様の人気で、一時的に客が増えたことで良くない輩《やから》が待ち伏せてる可能性が」

「それはもうライアンから聞きましたわ……あら？　ではなぜ今日は止めなかったの……？」

カトレアが不思議そうに首を傾げて、私とロドリーはぎくりと動きを止めた。

「それに一時的って……今は減ってしまったということ？　なぜなの？　このお店は一度来たら絶対にまた来たくなるのに」

無邪気に褒めてくれながら鋭いことを言う。

ロドリーを見れば、余計なことを言ってしまったという気まずげな顔で私を見ていた。

「……もしかしてわたくしのせいですの？」

「違います！」

どう誤魔化そうかと逡巡《しゅんじゅん》している間に、柔軟な思考が一番導き出してほしくなかった答えを導き出してしまったらしい。カトレアの大きな瞳に再び涙が滲む。

「そうなのですね……わたくしが考えなしにお店に出入りしていたから……」

「違いますってば、あのっ、本当に違うんです！　私の経営手腕が至らなかっただけでっ」

「いいえ他の者からのやっかみを買ったのでしょう？　これまでもそうでしたので分かります。わたくしが特定の方と仲良くすると、その方が嫌がらせを受けてしまうの。王女という立場を弁《わきま》えていなかったわたくしの落ち度です。そのせいで何度お友達を傷付けてしまったことか……」

とうとう宝石のような涙がこぼれ落ちて、それを恥じらうようにカトレアがハンカチで目元を拭った。

「貴族社会の外にいるフローレスとなら、何も気にせず仲良くできると思ったわたくしが甘かったのです。迷惑を掛けてしまって本当にごめんなさい」

こうなるのが嫌で現状を黙っていたのに。敏《さと》いカトレアは、ほんの少しのミスであっさり見抜いてしまった。

カトレアのせいではないと何度否定しても、もう嫌がらせも収まったから気にしないでと励ましても、カトレアは自分のせいだと聞いてはくれなかった。

「もうここには来ませんが。フローレスとも会わないようにします。これ以上嫌われたくありませんから」

涙の残る目でカトレアが気丈に微笑む。

このままではカトレアと二度と会えなくなってしまう。そんなのは絶対に嫌だ。

「これ以上も何も、初めから一ミリも嫌ってなんていませんから！」

咄嗟《とっさ》にカトレアの手を摑んで引き留める。

どうすればいいだろう。何を言ってもカトレアはきっと自分を責めてしまう。

それならいっそ。

「だからカトレア様も協力してくださいませんか？　この店をもう一度盛り上げるために」

「……協力？　わたくしがですか？」

まさかそんなことを言われるとは思わなかったらしく、カトレアの目がまんまるに見開かれた。

「わたくしにできることでしたらもちろん……でも、一体何を？」

「例えばそうですね……ご家族が好まれる紅茶は何かとか」

思い付きで言ったけれど、これはなかなかいい案なのではないか。カトレアの家族が好きという
ことは、つまり王室で好まれている茶葉ということだ。

基本的に貴族は王族への敬意と憧憬があるので、真似《まね》をしたがる傾向にあるらしい。王族愛用の、
という謳い文句がつくと爆発的に売れたりするのだ。

もちろん勝手に捏造《ねつぞう》するのはご法度だ。憲兵にバレたら営業停止処分を受ける可能性もある。だけどカトレアがお勧めしてくれるのなら、それは嘘ではなくなる。

それにカトレアが店に来るという噂は残ったままだ。もう消すことはできない以上、信憑性《しんぴょうせい》を増すためにいっそ利用させてもらおう。

「そんなことでお役に立てるのなら是非！」

純粋なカトレアは、それで自分の失点を取り戻せるのならと目を輝かせた。

もともと失点なんてもの自体がカトレアの思い込みなのだけど、悲しそうな顔をしているよりはよっぽどいい。

これはカトレアの権威を笠に着ているわけではなく、たまたま仲良くなった女の子が王族だっただけ。彼女が協力してくれるのは私の人徳。マックスやグレタに協力してもらうのと同じ。

ライアンの言葉を雑に噛《か》み砕きつつ、自分に言い聞かせて開き直る。

「ありがとうございます。では早速こちらにいくつか書き出していただけますか。ついでにカトレア様がお好きなデザートなんかも」

まるで詐欺師のような気分でペンと紙を渡す。

ロドリーが何とも言えない神妙な顔つきで、私たちのやり取りを見守っていた。

王族が愛した紅茶と銘打ったのが功を奏し、庶民にはとても手が出せないお値段にも拘わらず、それを目当てに貴族と思われるお客さんが増えた。彼らは王族に憧れているだけあって、上品で優雅な人たちばかりだった。

それにカトレアと繋《つな》がりがあるおかげか、庶民の私を見下すようなこともない。

さらに話題の紅茶だけを頼むなんて無粋なことはせず、料理やデザートも注文してくれる。

ありがたいことに、ついでで食べたそれらを気に入ってリピーターになってくれる人も少なくなかった。

そのことを報告すると、カトレアは自分が役に立てたと喜んでくれた。

◇◇◇

確かな手ごたえを感じて経営がようやく安定してきた頃、マックスを引き連れグレタが満面の笑みで来店した。

「やっぱりプセマだったわ」

グレタは満足げな表情で熱いコーヒーを一気飲みしてから言った。

その隣でマックスがゆっくりと味わうようにカップを浅く傾けている。

二人に会うのは再出発の作戦会議以来で、その二ヶ月ほどの間で噂の出処と嫌がらせの主犯を突き止めたらしい。

「相変わらず仕事が早い上に確実ね」

「犯人の目星がついてれば簡単よぉ」

当然のようにグレタは言うが、とてもそうは思えない。

もっと時間がかかると思っていただけに、こんな短期間で判明するとは驚きだ。ライアンも貴族間での顔は広い方だが、庶民だろうと関係なく顔が広いグレタならではの情報収集力のおかげと言えるだろう。

彼女なら王宮勤めを辞めても探偵業とかで食べていけそうだ。

「でもそれだけじゃないの。なんと、ポーラ・クレインにマックスを潜入させることに成功したわ」

「どっ、どういうこと!?」

突拍子もない報告に、洗っていたお皿を取り落としそうになる。

聞けば、あの日以来マックスはグレタのお屋敷の執事に師事し、上流階級に仕えるものとしてのマナーを特訓していたらしい。その結果、ポーラのスタッフ募集に応募したら、見事雇われることになったのだという。

「目撃証言だけじゃ難しいからね。物理的な証拠を見つけないと」

「ありえない……だってあのお店、採用条件すごく厳しいって聞いたわよ」

王都一と言われるだけあって、あそこで働く店員の水準はかなり高い。能力が高いのはもとより、見栄えの良さにもこだわっている。庶民への態度はともかく、貴族への接客態度は完璧だし、容姿も男女共に優れている人ばかりだ。

「マックスってば能力の全てをコーヒー愛に注ぎ込んでるから分かりづらいけど、実はすごく有能なのよね」

マックスのことだというのに、グレタがどこか誇らしげに胸を張る。対するマックスは、当事者だというのに他人事《ひとごと》みたいに呑気な顔だ。

「言われてみればそうかも……」

確かにマックスはコーヒーに関する記憶力は抜群だし、手先は器用だし力持ちだし応用力も素晴らしくテキパキとよく動く。仕入れも価格交渉も経理も事務も、店主であるお父さんが店番以外ほぼ息子任せにして楽隠居を決め込んでいるから、実質マックス一人でなんでもこなしている。

なるほど、確かによく考えてみれば、どんな仕事でもできそうだ。

友人として、同じコーヒー好きとして尊敬してはいたけれど、そんな風に冷静にマックスの能力を分析したことはなかった。まさかポーラ・クレインに採用されるほどだったとは。

「でも、いつの間にそんなことに」

「噂の出処を突き止めただけじゃ弱いと思って。やるなら徹底的にね」

あの男、絶対後ろ暗いところがあると思うの、と楽しそうにグレタが言う。

その無邪気な有能さに、彼女が味方で良かったと心から思った。

「なんとしてでも証拠を摑まなくっちゃ。そのためのマックスよ」

ポーラ・クレインはプセマが特に目を掛けている店らしく、結構な頻度で出入りしているらしい。同じ建物内にプセマ専用事務所もあるし、探るならここが最適なのだそうだ。

「ありがとうマックス。けど、お店の方は大丈夫なの？」

「親父《おやじ》もたまには働かせないと。ボケが早まる」

涼しい顔でさらりとひどいことを言う。でも確かに、最近の店主はなんだかめっきり老け込んで、口調がふわふわしてきている気がする。これがいい刺激になればいいのだけど。

「それにいい勉強になる。実際の大型飲食店での豆の管理体制とか」

コーヒーオタクは高級店で働けることより、大切な売り物がどういう扱いをされているかが気になるらしい。相変わらずコーヒーに関してのみ学習意欲が高いようで安心する。

「しかもなんと！　プセマが店に顔を出した時にマックスを気に入ってね！　付き人になったんだって！」

「付き人？　なにそれ」

グレタが自慢げに言うが、実業家の付き人というのがどういう役割なのか想像できなくて首を傾げる。

「よく分からんが、オーナー店を回ったり貴族との会合に行く時に連れ歩きたいらしい」

「背が高いから見栄えがいいのよね。それに寡黙で出しゃばらないから、連れてて気分がいいんだと思う」

私と同じく首を傾げながら言うマックスに、グレタが説明を付け加える。

「貴族って基本見栄《みえ》っ張《ぱ》りだから。背の高い男性を従者にするのって自分のステータスを示すのに打ってつけなのよ」

確か以前にもグレタに聞いたことがある。貴族に雇われる従僕や執事は、背が高くスタイルがいい人の方が給料が良くなるのだとか。その点マックスは背が高いし、姿勢もいい。毎日重いものを運ぶから体格も良く、それをプセマは気に入ったのだろう。

「なるほどね。プセマは上流階級の仲間入りをしたいみたいだし、真似して見せびらかしたいのね」

「あと色味が地味なのも自分の引き立て役にぴったりなんだそうだ」

マックスが言うけれど、本人もその主張がイマイチ理解できないようで納得のいかない顔をしている。

「なのに他の店員と同じお給料しか払ってないらしいのよ。ケチよね」

グレタが不服そうに言って、コーヒーのおかわりを求めてカップを私に差し出した。

「基本的にはプセマの後ろに控えてるだけだから、そんなもんだろう」

「見栄えの良さにお金を払うのが貴族なのよ」

その点やっぱりプセマは中流階級ね、と生粋の上流階級らしい発言をしてグレタが肩を竦《すく》める。

グレタのさばけた性格のおかげで忘れがちだが、彼女も立派な貴族令嬢なのだ。

「どうせなら店で働く方が楽しいのに」

マックスが珍しく不満そうに言う。

「あら、カフェ店員が気に入った？」

「自分で淹れたコーヒーを客が目の前で美味《うま》そうに飲むのは悪くない」

「分かる!?　そうなのよ！」

思いがけずマックスが私と同じことを感じているのを知って、嬉しくなる。

「また店が忙しくなったら今度はマックスにバイトしてもらおうかしら」

「こらこら、目的が変わってきてるわよ」

本気でマックスを引き込もうと考え始めた私に、グレタが呆れた苦笑を浮かべながらストップをかける。

「そうだった。まずは証拠集めよね」

「ああ。とりあえずもっと気に入られるように、大人しく付き人に徹するよ」

確かにプセマの付き人となれば、重要な情報を掴みやすいはずだ。今はまだ見せびらかすためだけに連れているかもしれないけれど、気に入られているのは確かだ。

「さすがに自宅に無断侵入とかは無理だけど、カバンを持たされたり書類整理を手伝わされたりとか、あるかもしれないじゃない？」

「事務所に入るのが手っ取り早いんだが」

マックスの寡黙さは口の堅さの証《あかし》にも見える。もしプセマの信頼を勝ち取ることができたら、ポーラ・クレインにあるというプセマの事務所にだって入れてもらえるかもしれない。

「噂の拡散にも嫌がらせにも結構な人間が関わってたみたいだから、そういうののリストとか手紙のやりとりとか回収できればいいんだけど」

「でも紛失したのがバレたらマックスの仕業だってバレちゃわない？」

「どうせ名前も経歴も偽造だ。証拠を入手したらすぐ消えればいい」

マックスはなんてことないように言うけれど、同じ王都に住む人間なのだからどこかで遭遇しないとも限らない。できるならマックスが一切疑われずに済むのが一番だ。

「あんまり無茶なことはしないでね」

そう言いながら、レジ横の引き出しに向かった。

「これ、良かったら使って？」

しまっていたものを取り出して、マックスにそっと手渡す。

「なんだこれは」

手のひらにコロンと四つほど転がった、チョコレートサイズの物体を見てマックスが首を傾げる。

「なにこれ、魔道具？」

グレタが横から興味深そうにマックスの手元を覗き込む。

魔道具と聞いてマックスは眉をひそめ、そのうちの一つをつまみ上げた。

このサイズの魔道具は、外側から見てもどんな機能か分かるものは少ない。

「これは静止画だけだけど細かい文字までばっちり記録できるやつ。こっちは録音用。音はあんまり良くないけど長時間記録できるわ。それからこの白いのは短時間だけど動画も音声も撮れる。全体的に粗いけど。最後のは短時間音質最高の録音用ね」

「なるほど、色々あるんだな」

一つ一つ機能と使い方を説明すると、マックスが頷きながら色と形と性能のメモを取り始めた。

「……よくこんなに小型で高性能のものを持っていたわね？」

グレタが神妙な顔つきで言う。だけどその声はなんだか笑いを堪《こら》えるみたいに震えていた。

確かにこういった記録用の魔道具は珍しく、希少なものだからそれなりに値が張る。複数の機能を搭載したものはさらに高価だ。

元々リカルドとの婚約解消のために一つだけ持っていたけれど、きっと今回はそれだけでは足りないと思って買い足していたのだ。

「設備投資の資金が浮いたから、少し余裕ができてね」

まったくロドリーさまさまだ。彼の存在がなければ、ここまでそろえることはできなかっただろう。

「こんなこともあるんじゃないかって備えてたの」

にっこり笑って答える。

グレタの言う通り、噂の出処を突き止めただけでは解決しないだろうと思っていた。犯人を確定したあとで、何かしらのアクションは必要になるし、そのために確たる証拠を押さえてこれ以上営業妨害をされないよう策を立てるべきだ。それは自分でやるつもりだったけれど、すでにマックスが潜り込んでくれているというのなら話は早い。

「役に立ちそうで良かった」

「最高の装備ね」

右手を上げると、グレタが心得たようにパチンと手を合わせてくる。

「んふふ、燃えてきたわ」

心底楽しそうに笑うグレタの隣で、マックスが「探るのは俺だけどな」と呆れた顔で呟いた。

◇◇◇

顧客獲得のために営業再開から休まず働いて三ヶ月。

最盛期の半分程度の忙しさとはいえ、さすがに疲労を覚えて店を休みにした。

それに合わせてライアンも休みを取ってくれたので、久しぶりにのんびりとデートをすることができて胸が弾んだ。

店にはちょくちょく顔を出してくれていたけれど、こうして二人きりの時間を過ごすのはまた格別の良さがあった。

「最近はマイペースに営業ができていてね。お店を始めたばかりの頃みたいで楽しいの」

「そうか。それを聞いて安心したよ」

屋台で買ったクレープを手に、公園のベンチで一息つく。

店の近況を報告すると、ライアンは嬉しそうに笑ってくれた。

カトレアの協力もあって、紅茶のラインナップが増えたのが受けて売上も客足も上々だ。店内で騒ぐような人はめったに来ないし、全体的に客質も良く、新しいメニューも好評で新規のお客さんも通ってくれるようになっていた。

まだ何も解決していないとは言え、やりたいことも目標も明確に見えたおかげか、心は穏やかだった。

「その後プセマに動きはあった？」

「うーん……またちょっと変な噂が出始めたらしいのよね」

言おうかどうか迷ったけれど、どうせ隠してもライアンにはバレてしまうのだと思い、正直に言うことにした。

流されている噂の内容は主に二つ。一つは、私がスターリング家を陥れたというわりと詳細な内容のもの。もう一つ、ライアンとの関係にかんする噂は、抽象的でバカげたものばかり。

あまりにも情報が中途半端で、グレタを見習えと言いたくなる。

ライアンもある程度予測はできていたようで、難しい顔にはなったけれど過剰な反応はしなかった。

「どうあっても私の店が順調なのが許せないみたい」

「やはりプセマをどうにかしなくてはならないようだな」

「ずっと見張ってるのかしらね？　あの人、案外ヒマなのかも」

あまり深刻にしたくなくて、茶化すように言う。

幸い、今来てくれている客は理性的な人たちばかりで、心配はしてくれるけれど噂を真に受けて離れていったりはしない。むしろひどい噂を耳にするたびに否定してくれているらしい。

ありがたいことだと思う。

「カトレアにもうバレてしまったし、いつでも動けるよう憲兵団に伝えておこうか」

心配そうに問われて少し考える。

確かにカトレアに隠すことはもうないし、憲兵に任せておけば店の前に生ゴミを撒《ま》いていく犯人を捕まえることができるだろう。

けれどプセマ自身が直接やっているとは思えないし、お金をもらって実行しているだけの人なら、雇い主が誰かすら知らないかもしれない。

そうなればプセマに逃げられてしまうだろう。

となるとやはりマックスが証拠を摑んでくるのを待つのが一番確実だ。憲兵に動いてもらうなら、それからの方がきっといい。

「その時のために、準備だけお願いしてもいいかしら」

「もちろんだとも。すぐに対応できるようにしておくよ」

ライアンが頼もしくうなずいて、食べ終わったクレープを巻いていた紙を律義に折り畳む。

「ありがとう。お客さんたちに迷惑がかかる前になんとかしなくちゃ」

「他にも困ったことがあったらいつでも言ってくれ」

立ち上がり差し伸べられた手を摑み、私もベンチから腰を浮かせた。

「そうね。今はまず、あなたとの久しぶりのデートを目一杯楽しみたいわ」

触れた手の温かさが嬉しくて、こんな時だというのについ浮かれたことを言ってしまう。

ライアンは微かに目を瞠《みは》ったあとで、「喜んで」と笑って優しく私を抱きしめてくれた。


それから流行中の舞台を一緒に見て、前から気になっていた劇場近くのカフェに入り、露店を冷かしながら店へと戻る。

「やっぱり自分の店が一番落ち着くわ」

「そうだな。本当にいい店だと思う」

ライアンがお世辞ではなくそう言ってくれるのが嬉しい。

カトレアのお勧めしてくれた紅茶をカウンター席で並んで飲みながら、ホッと息をつく。

街中をブラブラ歩き回るのももちろん好きだけど、こうして二人きりでゆったり過ごす時間はもっと好きだった。

「それに、カトレアのおかげで好きな紅茶が増えて嬉しいよ」

「あら、本音はそっちじゃないの？」

笑いながら言うと、ライアンは「実はそう」とおどけてみせた。

それからまたたくさん話をして、そろそろ帰ろうかという時間になった時。

「あ！　ライアンもいる！　丁度良かったわ！」

ガランと大きな音と共にグレタが飛び込んでくる。その後ろにはマックスがいて、なんとも言えない神妙な顔つきをしていた。

「ど、どうしたの二人とも」

「どうもこうもないわ！　今時間大丈夫？」

グレタはマックスと違って笑顔なのだけど、なぜか妙に迫力がある。

なんだかよく分からないけれど、たぶんこれはすごく怒っている感じだ。

「大丈夫だけど……ライアンもいい？」

「あ、ああもちろん」

グレタの剣幕に圧《お》されて、ライアンが困惑したように何度も頷く。

彼女は淑女らしからぬ大股で一気に私たちのもとまで来て、「コーヒーちょうだい！」とうんざりした顔でどっかりと椅子に座った。

「荒れてるわね……一体何があったの？」

急いでコーヒーを淹れながらグレタに問う。

「聞けば分かる」

私の質問にマックスが答えて、預けていた魔道具の一つをそっとカウンターテーブルに置いた。

これは確か、短時間だけどクリアな音声が記録できるやつだ。

「証拠を摑んだの!?」

驚いて思わず大きな声が出てしまう。

「前回からまだ一ヶ月も経っていないのにすごいじゃないか」

ライアンも素直に感心して言うが、なぜかマックスもグレタも嬉しそうではない。

不思議に思ってライアンと顔を見合わせ、同時に首を傾げる。

「……何か良くないことが起こった、とか？」

ざわりと胸が騒いで、恐る恐る問う。

グレタは無言で私の淹れたコーヒーを受け取り、まるでヤケ酒のようにグビグビと飲み干した。

「……とにかく、まずはそれを聞いてちょうだい」

ぷはっと一息ついて、マックスが出した魔道具を私の前に押し出す。

一体これに何が。

慎重にそれを手に取って、全員の顔を順番に見る。

最後にライアンを見ると、彼は真剣な顔でこくりと頷いた。

「……再生するわ」

意を決して、再生モードの印に指先を滑らせる。

すぐに小さなノイズが聞こえた。マックスが録音モードにするために触れた音だろう。

時間を置かず人の声が聞こえ始める。

「この声がプセマね？」

「ああ」

一度店に来た時の記憶を頼りに問うと、マックスが頷いた。

どうやらプセマはどこかの貴族の家に招待されたようで、執事らしき男性に誘導されその屋敷の応接室に向かっているらしいやり取りが聞こえた。

執事に話しかけるプセマは上機嫌で、貴族同然に扱われて誇らしげだった。

それからドアを開閉する音が聞こえて、ソファに座った時に録音機が服に触れたのだろう、がさがさと衣擦《きぬず》れの音が聞こえた。

執事がその場を辞する挨拶のあと、マックスと二人きりになったプセマがしきりにマックスに話しかけている。主に自慢話のそれに対し、マックスはまったく興味のなさそうな短い相槌《あいづち》を返すばかりだ。

十分ほどが経って、ノックの音が聞こえた。

『ああパロット。よく来たわね』

執事の口上の後で、女性の声がする。高圧的な物言いに慣れた口調だった。

『お久し振りです奥様。相も変わらずお美しい。まるで女神のようだ』

プセマが声のトーンを高くして、感極まったように言う。

『ほほ、あなたも相変わらず口がお上手ね』

近づいてくる上機嫌そうな女性の声に、反射的に眉間にシワが寄る。なんだか妙に聞き覚えのある声だ。

ちらりとライアンの方を窺《うかが》い見ると、なぜか私よりも深いシワを眉間に刻んでいた。

『その子が新しい付き人？　バロウ伯爵夫人が年甲斐《としがい》もなくはしゃいでいたけど……確かに魅力的ね』

『恐れ入ります』

「マックスが恐れ入りますとか言っているわ！」

初めて聞くマックスの礼儀正しい対応に、思わず関係ない感想が漏れてしまう。

「そこはどうでもいいだろう」

「うちでの特訓の成果よ」

マックスとグレタが笑いながら言う。

『声も悪くないわね……あなた、良かったらうちで働かない？』

『お、奥様、それでは私が困ります』

夫人の気まぐれにプセマが焦ったように言う。どうやらプセマは本当にマックスを気に入っているらしい。

『ふふ、冗談よ。主人ももうすぐ来ますわ、お付きの方は席を外してくださる？』

偉そうな、見下し慣れている言い方だ。自分の言うことを聞くのが当然と思っている。

その言い方にますます既視感を覚えて、どこで聞いたのかしらと必死に思い出そうとした。

『……本当にいいわね、彼。いくらなら売ってくれる？』

まるで物みたいな言い方にカチンとくるが、マックスが退場した後も音声が続いていることに首を傾げる。

「これ、どうやってるの？」

「テーブルの下に貼り付けた」

「ナイスだわ」

マックスの機転に素直に感心して続きを聞く。

プセマは夫人の本気を感じ取ったようで、必死にこの屋敷の使用人たちを褒めて「それに比べればあの男など」とマックスを貶《けな》している。

なんだかムカムカしてきたけれど、グレタから私よりすさまじい怒りの空気を感じて口をつぐんだ。

『おおパロット。ご苦労だったな』

それから間を置かず屋敷の主人と思われる男が登場した。こちらもやはり聞き覚えある。夫人の声とセットだと尚更《なおさら》だ。

聞いているうちにひしひしと嫌な予感がしてきて、気を落ち着かせるためにすでに冷え始めている紅茶に口をつけた。

プセマはここぞとばかりに媚びへつらい美辞麗句を並べ立て、主人はみるみる上機嫌になっていく。口だけでのし上がってきたというのは案外大げさな話ではないのかもしれない。

プセマの歯の浮くような褒め言葉にその場の空気が温まったのか、彼らは滑らかに本題へと突入していった。

それを聞くうちに、血の気が引いていく。

「ねえ……これ、結構な不祥事なんじゃ……」

その密談の内容は、明らかな不正に関することばかりだった。

彼らは悪びれもせず、むしろ得意げに悪事の数々を報告し合い、自分たちの狡猾《こうかつ》さを褒め合った。

悪者同士よほど気が合うらしく、下卑た笑いが録音機からこだまする。

どうやらプセマが色んな店のオーナーでいられるのは、この夫婦がパトロンとなっているおかげらしい。彼らは領地経営の収入を一部改ざんし、プセマに融通することで税収を過少申告しているようだ。

「財産隠しに脱税、横領……上に報告すれば大事件だろうな」

ライアンが騎士の顔で言う。国のために尽くす彼にとっては許しがたいことだろう。

プセマのしっぽを摑もうとしただけなのに、思いがけず大変な事態になりそうだ。

『……ところであの小娘の店はどうなった』

これは予想以上の大事件になりそうだ、と怯《ひる》みそうになった瞬間、そんな言葉が聞こえて思考が止まる。

『それはもう。成果は上々ですよ。閣下のもたらしてくださった情報によってあの娘の評判は地に落ち、客足は途絶え、休業にまで追い込んでやりました』

『ふふん、よくやった。これであの娘も少しは懲りただろう』

『ほほほ、あの貴族崩れのアバズレめ、ようやく身の程を思い知ったのね』

満足げな主人の言葉に、夫人が愉快そうな笑い声を上げた。

間違いない。私の店のことだ。

嫌がらせや噂の流布はプセマの思い付きではなかったらしい。

だけどどうして貴族が私に。

なんてことは思わなかった。

この声の主達の正体にはもう、ほぼ確信に近い心当たりがあった。

『お望みの通りの展開にご満足いただけたでしょうか』

プセマは得意げに言って、ひひひ、と下品に笑った。

『あの小娘、私が裏で糸を引いているなんて気付きもせずに、改善案を出したり貴族の方々に媚びたり、見当違いな努力をしているようですよ』

嘲笑《あざわら》うように言われてこめかみがぴくりと脈打つ。生憎《あいにく》とそれらの改善案が功を奏して、再び安定経営に漕《こ》ぎつけられそうなところだ。それを知っているから嫌がらせを再開したはずなのに、プセマはそこまで報告するつもりはないらしい。

『庶民が調子に乗ったせいね。まさかここまでされるとは夢にも思わなかったでしょう』

『少しは貴族の恐ろしさを思い知るがいい』

『まったくです。閣下に楯突《たてつ》くとは身の程知らずもいいところです』

満足げな夫婦にプセマが追従する。

『あの小娘には散々煮え湯を飲まされてきたからな』

『おかげで息子は悪妻を摑まされて、可哀想《かわいそう》に』

聞けば聞くほど二人の声には覚えがあった。できればもう二度と聞きたくはなかったけれど。

『これで我がスターリング家の積年の恨みが晴らせる』

絶対そう、と確信を持った瞬間、自ら答えを出されて脱力してしまう。

なるほど、ここに繋がるわけね。どうりでリカルド関連の噂が多かったわけだ。

妙な納得と共に、グレタの迫力のある笑顔の理由も腑《ふ》に落ちた。

その後、ひとしきりお互いを称《たた》え合って密談は終わった。マックスは忘れ物をしたという体で応接室へ戻り、録音機を回収していった。

プセマは「アンタはたまに妙なところで抜けてるんだから」と呑気に呆れて、その言葉を最後に再生モードは終了した。


「……火を放ちましょう」

「いいや叩き斬ろう」

「落ち着け二人とも」

無意識に呟いてしまった言葉にライアンが続き、マックスが冷静に止める。

つまりこの数ヶ月振り回されたのは、スターリング家の逆恨みのせいだったらしい。

「ね、こんな家潰しちゃおう?」

「潰しましょう」

グレタの軽い提案に、深く頷いて答える。

ただの貴族ではなく、公爵家の取り潰しともなれば大問題だ。だけどこんな不正まみれの家、さっさとなくなってしまった方が国のためだとさえ思える。

私が婚約を破棄した時に証拠を集めた悪事の数々より、さらに悪質だ。あの時にもそれなりの処罰を受けたはずなのに、まったく反省しないどころか仕返しまでしてくるなんて。

「もちろん俺も賛成だが、この録音だけじゃ証拠能力が弱いな……」

心底無念そうにライアンが言う。古くからクリフォード公爵家と対を成すと言われていたスターリング家の凋落《ちょうらく》ぶりに、さぞ複雑な思いをしているだろう。

ライアンの言う通り、これはれっきとした盗聴だ。裁判にかけた時に提出すればこの上なく心証は悪くなるが、これだけだと証拠不十分となってしまう。

音声だけなので、どれだけ声が似ていても別人だと言い張ることもできるし、ただの付き人であるマックスの証言は軽く見られるだろう。悔しいけれどそれが庶民の現実だ。

「この私がそれだけで済ませると思う？」

重い空気が流れ始めたのをぶち壊すように、グレタが胸を張って明るく言った。

「何かいい手があるの!?」

「もっちろんよ！」

縋《すが》るように問うと、グレタはふんぞり返るように言ってコーヒーのお代わりを要求してきた。

「手柄を上げたのは俺だっての」

呆れながらマックスが言うけれど、その顔に不満の色はなかった。むしろどこか楽し気に見えるのは気のせいだろうか。

「これを見てちょうだい」

そう言って不敵な笑みを浮かべ、手のひらを上に向け開いた。

「……何もないが」

開いた手の中を見ても空っぽで、そのことをライアンがおずおずと指摘する。

「マックス」

「はいはい」

グレタが呼ぶと、マックスが心得たように私の魔道具をもう一つ取り出し、グレタの手の上に置いた。なんだか変な息の合い方だ。

「これをこう……あら？　どうやって映すんだっけ」

「こうだこう。そこを下に引けばここの色が変わるだろう」

「なによ、さっき言ってたのと違うじゃない」

「ちゃんと聞いてなかっただけだろう」

段取り悪くごちゃついている二人を見ていると、なんだかさっきまでの深刻な事態が嘘のように思えてくるから不思議だ。

「よしっ、こうね!?」

ようやく操作方法を理解したようで、グレタが魔道具をカウンターの何もないところにかざした。

これは確か高画質の静止画を記録できるやつだ。

平らな面に、パッと画像が映し出される。それは何かの書類のようだった。

「これって……」

「まだまだあるわ。よく見てちょうだい」

次々に映し出される画像は、ポーラ・クレインに関するものばかりのようで、仕入れの見積もりや注文書、それに帳簿が主だった。

「あ！　今スターリング家の紋章が！」

画像の端に映った紋章に思わず声が出る。

「そう。これはスターリングとポーラの関わりを示す書類よ。不正融資を斡旋《あっせん》したり、王室御用達の認可を受けられるよう手を回したりは本当だったみたい。他はクズ肉を高級品と偽って出していた証拠。それに二重帳簿。横領や脱税の証拠がばっちり映っているわ」

グレタが凄《すご》みを利かせた笑みで言って、ごくりと喉が鳴る。

これだけの証拠があればプセマもスターリング家も言い逃れはできないだろう。

「撮影者はマックス。ポーラ・クレインの従業員のね。つまりこれは内部告発として有力な証拠となる」

勝ち誇ったように笑うグレタの横で、当事者たるマックスはいつも通りの涼しい顔でコーヒーを飲んでいる。これらの証拠が明るみに出れば、国を揺るがす大事件になるだろうに、少しも動じた様子はない。自分がどれだけ大それたことをしたか、あまり興味がないのだろう。

「マックス、あなた大物ね……」

呆れとも恐れともつかない気持ちで言うと、マックスは薄く笑って「いい経験だった」とだけ言った。

「これだけの証拠があれば、スターリング家にも切り込める」

すっかり仕事モードの顔になったライアンが、最初から画像を見返しながら言う。

「知らぬ存ぜぬは通用しない。プセマが勝手にやったという言い訳も。間違いなくスターリング家に重い罰がくだるだろう」

おそらくそれは婚約破棄の時の比ではない。今度こそスターリング家存続にも影響を及ぼすだろう。

そして今回のことをきっかけに、ポーラ・クレインだけでなくプセマがオーナーを務める他の店舗にも調査が入るはずだ。

「ライアン、あとは頼める？」

証拠となる魔道具を全てライアンに渡して問う。

ここまでの大事となると、もはや私個人の店だけの問題ではない。

直接迷惑を被ったけれど、もう私の手には余る事態となっていた。

「ああ、任せておけ。必ず然るべき処罰を受けさせると誓おう」

ライアンはしっかりと私の目を見てそう約束してくれた。

こうしてパロット・プセマとスターリング家の癒着問題は、憲兵団の手に託されることとなった。

◇◇◇

「ねぇ、どうしようグレタ。すごくワクワクしてきちゃったんだけど」

「そんなの私もよ。今朝起きてからずっと胸がドキドキしているもの」

グレタと二人で、浮足立った気分で舗装された道をゆく。

すっかり春の陽気に満たされた晴天の下を歩けば、それだけで幸せな気持ちになれた。

今日はグレタの休みに合わせて店を休みにした。店に来る以外で二人で遊ぶのはずいぶんと久しぶりで、昼下がりの街歩きはまるで学生時代に戻ったような懐かしさがあった。

「ついつい寄り道しちゃうわね」

「早く行かなくちゃ時間に遅れちゃう」

少女のように笑い合いながら、ウィンドウショッピングを切り上げて目的の店まで急ぐ。

ようやく予定していた店に辿り着くと、グレタが一歩前に進み出た。

店のドアが内側から開かれて、男性店員が恭しく頭を下げる。

「予約をしていたグレタ・ライトマンですわ」

グレタが気取った言い方をしたせいで、思わず噴き出しそうになる。その気配を察知したのか、グレタが振り返って軽く私を睨《にら》んだ。

店員は「お待ちしておりました」と艶のある声で言って、グレタと私を店内へと招き入れた。

「このお店はいつも気持ちのいい接客をしてくださるから、とても気に入っているのよ」

普段のグレタからは想像もつかないような物言いに、男性店員は感激したように目を潤ませた。

「グレタお嬢様にそう仰《おつしや》っていただけるとは光栄です。伯爵にもどうかよろしくお伝えくださいませ」

そう言って窓際の四人席に案内した後、グレタの椅子を引き、丁寧に礼をして去っていった。

「私には何もなし？」

「清々《すがすが》しいほどに扱いが違うわね」

呆れながら自分で椅子を引き、グレタの正面に座る。

「友人をぞんざいに扱って、グレタお嬢様が機嫌を損ねるとか考えないのかしら」

「メイドだと思ったのかも」

お互いしらけた顔で言い合って、メニュー表をテーブルに広げる。

「相変わらずいいお値段ね」

「お嬢様はこのお店にはよくいらっしゃるんですか？」

「ちょっとやめてよその言い方」

「ごめんごめん。グレタがちゃんとお嬢様してるの、すごい久しぶりだったから」

つま先で軽く足を蹴られて笑いながら謝る。グレタも怒った様子もなく、つられたように笑った。

「父の付き合いでたまにね。まあ、働き始める前だけど」

「じゃあもう何年も来てないのね。あ、そこの店員さん、注文いいかしら」

広い店内には店員が何人もいて、先ほど席まで案内してくれたのとは別の男性店員に声をかける。

その店員は私たちに気付くと苦虫を噛み潰したような顔をして、今にも舌打ちをしそうなけだるげな様子で近づいてきた。

「……ご注文をどうぞ」

「あら、この店員はさっきとは打って変わって対応が悪いわね」

「貴族差別をしない素晴らしい店員だわ」

「それを言うなら庶民差別じゃない？」

注文票を構える店員を無視しておしゃべりに興じる。彼はムスッとした表情で、本当に舌打ちをした。

「ちょっとマックス。店長に言いつけるわよ」

「好きにしろ。どうせ今日でおさらばだ」

ちょっかいをかけられて不機嫌なマックスが、深いため息をつく。

「それでお嬢様方。何になさいますか」

愛想も素っ気もないトーンで、早く注文しろという圧力を滲ませながら言われて仕方なくコーヒーを注文する。聞き終えたマックスは、さっさと踵《きびす》を返してオーダーを通しにドリンクカウンターへと行ってしまった。

「……驚いた。ポーラ・クレインの制服、すごい似合ってるじゃない」

その背を見送って、感嘆のため息が漏れる。

着こなすのが難しいと言われているポーラの制服を、マックスは難なく着こなしている。髪もきれいに整えられ、少し派手なスーツに身を包んだマックスは、確かにプセマが連れ歩きたくなるのも頷けるほどに見栄えが良かった。

「でしょ？　いつも作業服みたいなのばっか着てるせいで分かりづらいけど、スタイルいいのよマックスって」

潜入させた張本人であるグレタはすでにマックスの制服姿を見たことがあるようで、得意げな顔で言う。

店内にもマックス目当てと思われる女性客が何人かいて、ライトマン家執事仕込みの優雅な動きを見せるマックスを目で追っていた。

「大人気ね」

「本人は気付いてないけど」

そのキラキラした視線に圧倒されながら言うと、グレタは肩を竦めて苦笑した。

「そういえばここ、前より人減った気がしない？」

店内を見回してグレタに聞いてみる。前に偵察で来た時よりも空席が目立つ気がした。

「私が来てた頃に比べたら確実に減ってるわね。まあ、なるべくしてなったって気はするけど」

グレタが冷ややかに言う。

王室御用達の看板がスターリング家の工作によるものならば、ポーラ・クレインに対する評価の高さも怪しいものだ。食材の産地も偽装しているし、マックス曰く管理体制もずさんなようだから、本当に舌の肥えたお客さんは離れていくのだろう。

「お待たせいたしました」

こそこそ話していると、マックスが頼んでいたコーヒーを運んできてくれた。

「五分後にはプセマが来る」

そうして手慣れた動作でカップを置いて、私たちとは視線を合わせずに小さく囁《ささや》く。

「予定通りね。マックスは配置について」

「了解」

ぺこりと礼をして、マックスが去っていく。

グレタを見ると、大きな瞳をキラキラと輝かせていた。

「今のすごくスパイっぽくて良かったわね」

「んふふ、またワクワクしてきちゃった」

興奮を抑えきれない様子でグレタが小さく足をバタつかせる。

私もそうしたかったけれど、気分を落ち着かせるためにコーヒーを一口飲んで目を見開いた。

「なんか前より美味しい……!?」

マックスが手ずから淹れてくれたらしい高級豆のコーヒーは、偵察で来た時より格段に美味しく感じられた。

「豆の管理がなってなかったから、店長に提案して徹底的にマニュアル化したんですって」

「新入りのくせにやりたい放題ね」

小声で内緒話のように教えてくれたグレタに苦笑する。

きっと保存方法が悪くて、酸化してしまうのが許せなかったのだろう。

大きな店でかっちりとした制服に身を包んで小綺麗《こぎれい》にしていても、マックスはマックスらしい。

「うちも期間限定でお高い豆仕入れちゃおうかしら……」

「それ、自分が飲みたいだけでしょう」

グレタに図星をさされて、当たり前でしょうと悪びれることなく肯定する。

それこそが個人店店長の特権だ。あとお得意様とおしゃべりをするのも。仲の良い王族の女の子を贔屓にするのも。

このポーラ・クレインのような、オーナー出資の雇われ店長では無理だけど。

「おんやぁ？　誰かと思えば潰れかけのカフェの店長さんじゃありませんか」

そんなことを思ったタイミングで、聞こえてきたセリフに顔を上げる。

「人気店に学ぶ姿勢は立派ですねぇ。おっと、私のことを覚えていますか?」

ネチネチした嫌味っぽい声の主が、それは嬉しそうな顔でこちらへ近づいてくる。まるでスキップでもしかねない歩調だ。

「……こんにちは。先日はわざわざご親切なアドバイスをどうもありがとうございました」

「へぇ、ずいぶんと殊勝な態度になりましたねぇ」

笑顔を貼り付けて言えば、プセマは機嫌を良くして断りもなく私の隣の椅子にドカッと腰を下ろした。

「痛い目を見て反省しましたか? だから忠告したんですよ、嘘は良くないと。きちんと学んでくれたようで何より」

自分に酔ったように目を閉じて頷いてから、「お嬢さんもそう思いませんか?」とグレタに同意を求めた。

「あら、彼女は嘘をついたことなんてないわ」

グレタは猫のような目を細めて唇を吊《つ》り上げた。

思っていた反応と違ったのか、プセマが鼻白んだように眉間にシワを寄せた。

「……ライトマン家の御令嬢が、どこの馬の骨とも知れない庶民の娘にいいように騙《だま》されてはいけませんよ」

「ご忠告感謝するわ。それで？　勝手に席に座るあなたはどこの馬の骨なのかしら」

獲物をいたぶるような残酷さを滲ませてグレタが笑う。

プセマは気圧《けお》されたのか、顔を引き攣《つ》らせてそろりと立ち上がった。

「……ご紹介が遅れて申し訳ございません。私はこの店の出資者のパロット・プセマと申します。いかがです？　うちの店は。この娘の店とは比べ物にならないくらい素晴らしいでしょう？　王族が来る店って言って信じてもらうにはこれくらいじゃないと。あのチンケな店で王族なんて、無理がありすぎて笑っちゃいますよねぇ」

貴族とは言え若い娘に迫力で負けたのが悔しいのか、ベラベラと聞いてもいないことを喋り出す。

それをグレタが冷めた目で見ていた。

「嘘で塗り固めたってすぐにボロが出るに決まっています」

ふん、と勝ち誇ったように鼻を鳴らして、私に視線を戻す。

だから私は頷いてみせた。

「ええ、本当に」

店のドアが開く。そこから黒服の集団が入ってくるのが見えて、私は心からの笑みを浮かべた。

「嘘は良くないですよね」

「全員その場を動くな！」

私が言い終わるのと同時に、唐突に聞こえた厳しい声音に店内の全員が振り返る。

入口には憲兵団の黒い制服に身を包んだ男たちが立っていた。

その異様な光景に、店員も客も息を呑む。

「なっ！　ちょっとアンタたち！　一体なんの権限があってこんなことを!!」

押し入ってくる憲兵たちに向かってプセマが喚《わめ》く。

「……あの男がオーナーだ。余計なことをしないよう見張っていろ」

リーダーと思われる年嵩《としかさ》の男性が、プセマに鋭い視線を投げて、隣に立っていた若い青年に指示をする。

青年は「ハッ」と短く応えて、無駄のない動きでこちらへ近づいてきた。

プセマは体格のいいその青年が真正面に立った瞬間、圧倒されたようにわずかに仰《の》け反《ぞ》った。

「不正の密告があってこの店を調べに来た。正式な令状もある。大人しく捜索に協力した方が身のためだぞ」

青年は威圧感たっぷりにそう凄むと、プセマは怯んだように小さく喘《あえ》いだ。

「わっ、私が何をしたっていうんですか！　うちはクリーンな経営を心がけてるんですよ！　一体誰が密告なんてっ、……!!」

そこまで言って思い当たったのか、プセマがぎこちなくこちらを振り返る。

視線を受けてグレタと同時におしとやかに微笑むと、プセマの顔が青ざめた。

まったく、面白いくらいに期待通りの反応をしてくれる。

「事務所を検《あらた》めさせてもらう。誰か案内してくれ」

リーダーが広い店内をぐるりと見回す。けれどプセマと同じく青ざめるばかりの店員たちは、誰一人名乗りを上げようとしない。

マックス曰く、皆ある程度はプセマの不正を知っているらしい。多少なりともその恩恵を受け、後ろ暗いところも多いのだとか。プセマの差別的な経営方針になんの疑問もなく従い、貴族以外には尊大に振る舞うような人間たちだ。さもありなんといったところか。

「では俺がご案内します。こちらへどうぞ」

そう言ってドア付近で待機していたマックスが一歩進み出る。店員たちがぎょっとした顔でマックスを見て、ざわつき始めた。

「アンタ何言ってんの!?」

ここ最近一番のお気に入りだった店員がまさかそんなことをするとは思わなかったのだろう。プセマは取り乱し、声を裏返しながらマックスに飛び掛かろうとする。それを憲兵の青年に止められていた。

「ちょっ、どきなさいよアンタ！」

それでも強引にマックスに近寄ろうとしたが、体格に差がありすぎてビクともしない。

マックスは一瞬だけこちらに顔を向けたが、無表情にプセマを一瞥《いちべつ》しただけで従業員用ドアを開けてさっさと中に入ってしまった。

憲兵たちがその後を追う。

その最後尾に、一人だけ騎士団の制服を着たライアンが続いた。

どくんと心臓が跳ねる。

今回の捜査は、ライアンが証拠を持ち込んだことがきっかけだ。詳しい事情を知るものとして同行することになったのだと、前もって聞いてはいたけれど胸の高鳴りを抑えることはできなかった。

だって仕事中のライアンなんて初めて見るのだ。訓練中とはまた違った凜々《りり》しい表情に、思わず見惚《みと》れてしまう。

「……かぁっこいい」

夢見るようなうっとりした口調で言うと、グレタが呆れたように「はいはい良かったわね」と言ってテーブルに頰杖をついた。

ライアンは私の視線に気付いたのか、足を止めこちらを見た。

目が合った瞬間、険しい騎士の顔から一転、にこりと笑みを見せて従業員用ドアの向こうに消えていった。

「今の見た!? 何あのギャップ！ 可愛すぎるんだけど！」

興奮気味にグレタを振り返ると、彼女は呆気《あっけ》にとられたような顔をしていた。

「……あれはさすがにずるいわ」

「知ってた？ あの人私の恋人なの」

「あらうらやましいですこと」

私たちの呑気な会話の向こうで、店内は混乱のるつぼと化していた。

涙目でオロオロする店員たちに、好奇心を隠し切れない客たち。

王都一のカフェが起こした不祥事だ。噂は光よりも早く広がることだろう。

「なんて……なんてことなの……こんな……ありえない……」

ようやく状況が呑み込めたのか、プセマは茫然《ぼうぜん》とした顔でガクガク震え始めた。

「あらあら、ご自慢のお店がたぁいへん」

グレタが歌うような軽やかな声で言う。

「私のような小娘がお役に立てるかは存じませんが、何かアドバイスしてさしあげましょうか？」

それに便乗して、清々しい気持ちでプセマが店に来た時に放ったセリフを返す。

一瞬で憤怒に染まった赤い顔で、プセマはヒステリックに喚き散らして私たちに摑み掛ろうと暴れ出した。

けれど即座にプセマを見張っていた憲兵の青年に取り押さえられていた。

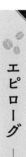

エピローグ

Epilogue

「本日はお招きいただきありがとう存じます。フローレス・アークライト様」

「もう、かしこまった挨拶はなしにしましょうよカトレア様」

いつもの裏口から大きな花束を抱えて登場したカトレアは、いつものお忍び庶民風ワンピースを着て頬を紅潮させていた。

「うう、嬉《うれ》しいですわフローレス！　わたくしは感激しております！」

「わっ」

そうして横に控えていたロドリーに花束を押し付けると、彼女は私に飛びついた。

「こんな風にお祝いの場に招いていただけるなんて！　わたくしたちもうお友達ということでよろしいかしら!?」

「もちろんです。畏れ多いことではありますが、カトレア様がそう思ってくださるのでしたら」

友人だと言ってくれるのが嬉しくて、思わずその華奢《きゃしゃ》な身体《からだ》を抱きしめる。幸い、高貴な方に気安く触れるなと叱る人はこの場にはいなかった。

今日は店を一日休みにして、トラブルが無事解決したことを祝う会を開くことにしていた。

迷惑をかけてしまったカトレアにも是非参加してほしくて、お客さんとして来てくれたロドリーを通してカトレアに打診したのだ。彼女はすぐに返事の手紙をくれた。図々《ずうずう》しいかもと迷ったけれど、こんなに喜んでくれるなら招待して良かった。

「ああでも本当に良かった。わたくしのせいでフローレスのお店をダメにしてしまったのではなくて」

「ご安心いただけて嬉しいです。まさかこんな大事に発展するとは思いませんでしたが」

今回の事件の中で、唯一良かったと思えたのはそれだ。カトレアが責任を感じてしまうのは胸が痛かったから。それどころかスターリングに恨みを買った私が原因なのだから、完全に身から出た錆《さび》だ。

「さあカトレア様。今日はお祝いと新メニューの試食会も兼ねていますので、厳しいご意見をお願いいたしますね」

そっと身体を離して、店内に続くドアの前で改めて今日の趣旨を伝える。

「キース君とコンバーチさんも、たくさん召し上がってくださいね」

「ああ、楽しみだ」

「兄はもう？」

「ええ。実は朝から準備を手伝ってくれているの」

キースの質問に笑いながら返すと、彼は軽く目を瞠《みは》った。

「フローレスさんとお付き合いを始めてから、兄の意外な面ばかり見ている気がします」

「ふふ、貴族令息にパーティー準備を手伝わせようなんて普通思わないものね。でももう、お互いに遠慮しないことにしたから」

「やあ、いらっしゃいカトレア。キースとロドリーもよく来てくれたな」

ドアを開けると、すぐにライアンが気付いて駆け寄ってくる。

「兄上のお店じゃないんですから」

呆《あき》れたように言うけれど、キースの口元には楽しそうな笑みが浮かんでいる。

「ほう、これはすごい……」

ロドリーが小さな声で感嘆の声を漏らす。

すでに店内のテーブルというテーブルに料理が並べられている。そうして最後の仕上げに、グレタとマックスが取り皿やカトラリーを運んでくれていた。

二人も来客に気付くと、手を止めこちらに来てくれた。

グレタは貴族の御令嬢らしくカトレアたちに丁寧な口上を述べ、マックスは愛想笑いの一つもなくいつも通りの挨拶をした。

一応名目としては、プセマ撃退の功労者たちのための慰労会というのが一番なのだけど、準備を手伝ってくれるというのに甘えて、ライアンだけでなくグレタとマックスにも予定時間より早めに来てもらっていた。

「さあ、みんな席に着いて！　あとは私がするから、存分に楽しんでね」

そう言って、いつもと並びを変え中央で一繋《ひとつな》ぎにしたテーブルに全員を座らせる。まだテーブルには載っていないけれど、冷凍庫にデザートもたくさんある。きっと満足してもらえるだろう。

それぞれの好みに合わせた飲み物を淹《い》れ終えて、空いている席に着く。

そうして改めて全員に感謝の気持ちを伝えることにした。

「今日は来てくれて本当にありがとう。みんなのおかげでこの店の経営を再び軌道に乗せることができました。一時期の異常なほどの活気はないけど、しっかり食事をしてくださる方が増えて、周辺のお店との差別化にも成功したと思います」

ミーハー客で繁盛していた頃よりは客の数は多くないけれど、代わりに客単価が上がり、売上はその頃にかなり近付いていた。回転率よりも一人一人の満足度を重視した結果、常連さんが増えて仕入れも安定し、経営の予測もしやすくなった。店の雰囲気は落ち着きを取り戻したどころか、客質が上昇したことにより以前よりもさらに高級感を増し、私の理想そのものと言えた。

プセマからの嫌がらせも無事なくなり、もはや店は安泰そのものだ。

「私が迷走した時に、見捨てないでくれてありがとう」

「もっと頼ってほしかったくらいだ」

隣でライアンが笑う。それに同意するようにグレタが深く頷《うなず》いて、「次はどこにマックスを潜入させる？」と子供のような笑顔で聞いてきた。

「もう二度とこんな事件が起きないように願うわ」

うんざりした顔で返すと、グレタとカトレアが声を上げて笑った。

「同じことが起きないよう、こちらでも打てる手は打つようにしますので」

キースが責任感に燃えた目で言う。彼の所属と今回の件に直接の関係はないけれど、同じ宮廷勤めの文官の管理がずさんだったことが許せないらしい。

あれからポーラ・クレインは不正を暴かれ然《しか》るべき処罰を受け、プセマの持つ他の飲食店も次々に捜査のメスが入ったそうだ。もう私の店にちょっかいをかけるような余裕はないだろう。

繋がりを示す書類を押収されたスターリング家にもしっかり監査が入り、厳しい罰則が与えられることとなる。あまりに広い領地を任されていたので今すぐには無理だが、慎重な協議の上で周辺の領主に分割されるらしい。そして次の代、つまりリカルドが継ぐ前までに爵位をはく奪されるとのことだ。

今回は何もしていないリカルドには一瞬だけ同情してしまったけれど、私の店への嫌がらせをプセマに唆したのがリカルドだったと知って、そんな気持ちは綺麗《きれい》さっぱり消え失《う》せた。

さらにそこから芋づる式にスターリング家と結託していた貴族たちの不正も暴かれ、相応の処罰が下された。大抵が自業自得で国に睨《にら》まれていたような貴族ばかりだったから、容赦はなかったそうだ。

「騎士団長様から何かご挨拶はないのかしら？」

その流れで、ライアンが異例の出世劇を演じることとなった。

なんと、第一騎士団団長に昇進したのだ。

面倒事が極力最小限で済むよう、グレタやマックスが行った潜入捜査は全てライアンの指示ということにしてある。私もただ巻き込まれた被害者として余計なことはしていない。

そのため、今回の手柄は全てライアンのものとされている。

しかし、いくら大手柄とはいえ、それだけでは一介の騎士が団長に上り詰めることは不可能だっただろう。それがなぜ副団長より下のポジションであったライアンが一足飛びに団長に就任したのかと言えば、今回の一連の騒動に団長と副団長の生家も関わっていたからに他ならない。彼ら自身が直接不正を働いたわけではないが、彼らの人事に関して裏から手が回っていたことが判明し、降格処分となった。

スターリング公爵家とそれに連なる古参貴族の不正を暴いた功績と合わせ、空席となった団長の座に抜擢《ばってき》されることとなったのだ。

今日はそのお祝いも兼ねている。

「あー、そうだな、今回の件は俺にとっても非常に有意義な出来事だった」

まるでお偉いさんのような切り出し方でライアンが言う。それを見てカトレアとキースがクスクスと笑った。たぶん身内の誰かの真似《まね》なのだろう。

「フローレスのためにしたかったことだけど、結果的にこんなことになって正直驚いてる」

それからすぐにいつもの口調に戻って、ライアンが私を見た。

「俺もキミを利用させてもらった」

シニカルで気取った笑みを浮かべるライアンに、思わず噴き出してしまう。

冗談で言っているのはもちろん分かっていたけれど、実際ライアンを始めみんなのおかげで客足は戻ったし、私が仕返しのために仕込んだアレコレでライアンの出世は早まった。

それを狙ってやったんだと言われても、ライアンになら利用されるのも悪くない。

「これからも利用し合って、支え合っていきましょうね」

「……それはつまり」

ライアンの目元に朱が差す。いろんな意味を込めて言ったのを、ライアンは即座に察してくれたらしい。

「イチャつくのはあとにしてくれる？　ずっといい匂いがしててそろそろ頭がおかしくなりそう」

聞いたこともないような低い声でグレタが言って、そのまま二人の世界に入ってしまいそうなのを慌てて止める。

「ごめんなさい。それでは皆さん、大変お待たせいたしました。好きなものを好きなだけ食べてくださいね。改善点やご要望があればそちらに置いてある紙にお願いします」

「実はお祝いよりそっちの方がメインだろう」

「当然よ」

マックスの呆れた指摘に胸を張って答える。

「擦り切れるまで使うからって言ったでしょう？」

最上級の笑顔で言えば、そこにいる全員が「仰せのままに」と笑って受け入れてくれた。


「ああお腹《なか》いっぱい。これなら明日の夕食までは食べなくても大丈夫そう」

「前もそんなこと言ってたけど、朝食しっかり食べてたろ」

グレタが満足そうに言って、マックスが苦笑する。

執事さんに泊まり込みで指導してもらったと言っていたから、きっとその時のことだろう。

なんだか今回のことで、グレタとマックスはさらに仲良くなっているようだ。

「カトレア様はご満足いただけましたか？」

「ええもちろん。特にオペラというケーキが上品なお味で素晴らしかったわ。あれでしたらコーヒーが苦手なわたくしでも美味《おい》しくいただけました」

オペラはコーヒーシロップを使ったチョコレートケーキだ。カトレアから参加の返事をもらえた時から、ずっと練習していた。

「嬉しいです。あれはまさにカトレア様にコーヒーを好きになってもらいたくて作りましたので」

「まあ！　そうでしたの？」

「良かったね、カトレア」

嬉しそうに頬を染めるカトレアを、キースが愛《いと》しそうに目を細めて見ている。彼はライアンよりコーヒーが好きらしいが、カトレアに合わせていつも紅茶を選んでいるようだ。無理をしているわけではなく、カトレアを喜ばせることに至上の喜びを感じるのだとか。もし彼女がコーヒーを楽しめるようになれば、キースも一緒にこちら側になってくれるはずだ。カトレアがコーヒー派に鞍替《くらが》えする日が待ち遠しい。

「コンバーチさんはどれがお好きでした?」

すでにコーヒー派であるロドリーに問うと、彼は自分がメモした紙を見ながら気に入ったものを次々に挙げてくれた。

「特にトマトのシチューが美味《うま》かったな。ただもう少しボリュームがあると嬉しい」

「なるほどボリュームですね……セットにするならどんなパンがいいと思います?」

具体的な要望を聞き出しながら構想ノートにメモしていく。ロドリーの意見は、男性の胃袋事情に明るくない私にとってとてもためになるのでありがたい。身近な男性であるライアンもマックスも、私とそんなに食べる量が変わらないからあまり参考にならないのだ。

あらかた参考意見の聴取を終える頃にはすっかり暗くなっていて、用意していた料理のほとんどがなくなっていた。

「それでは、また次の試食会で」

そう言って改めてのお礼と、締めの挨拶をする。

帰り支度を始めるみんなの顔は幸せそうで、前々日から準備を進めていて良かったと心から思えた。

「ライアン、少し残って話せる？」

「俺もそのつもりだった」

ライアンにこっそり声をかけると、彼は心得たような表情で頷く。

それから他のみんなを一緒に見送ったあとで、片付けまで手伝ってくれたのだった。


すっかり片付いた店内で、ライアンの好きな紅茶を淹れなおしカウンター席に並んで座る。

切り出すのはひどく緊張したけれど、もうこれ以上先延ばしにする気はなかった。

「……ずっと保留にしていてごめんなさい」

何を、とは聞かれなかった。

カウンターに置いた手に、ライアンの手がそっと重なる。

「自信がなかったの。店は大事だけど、公爵家当主の地位と同等の価値があるのかなって」

ライアンが苦笑して、返事の代わりに私の指先をくすぐるように撫《な》でた。

たぶん、私が何を考えていたのかなんて彼はとっくにお見通しだっただろう。

「カトレア様のおかげで店が繁盛して、このままならもしかしてって思った」

「それが迷走の原因？」

「そう。王都で一番のカフェになったら、胸を張ってプロポーズを受けられるんじゃないかって」

振り返ってみれば、我ながらあまりに稚拙な考えに笑ってしまう。

「でもそういうことじゃなかった。カトレア様の威光にあやかってお客さんを増やしたって、それは私や店の価値が上がったわけじゃない」

あまりにも馬鹿げたことをしてしまった。思い出すだけでも恥ずかしい。

けれどライアンはその失敗を笑わず、慰めるように私の手をぎゅっと握ってくれた。

「私はただ、理想の店に近づけるよう一歩ずつ努力すれば良かった。だってそれを愛してくれる人はたくさんいたんだから」

私の店を気に入って通ってくれた常連さんたち。彼らを蔑《ないがし》ろにして店を成長させたって、私はそれを誰にも誇れなかっただろう。

「ああ、そうだな」

情けなく笑う私に、ライアンが嬉しそうに頷く。

「夢に向かって突き進むキミは強くて綺麗だ。たとえ途中でつまずいたって、自分の足で立ち上がるキミはなお美しい」

「贔屓目《ひいきめ》にもほどがあるわ」

「事実に反することは一つもない」

照れ隠しでわざとつれなく言えば、ライアンはそれをこともなげに否定する。

つまりはそう、そういうことなのだ。

「私は私でいればいい。ライアンがそう言ってくれたのを、ただ信じれば良かった」

「うん。ただ、もしまた経営の危機が訪れた時にはもっと頼ってほしいけど」

「もう絶対そんなことにはならないけど」

「はは。そういうところも大好きだよ」

ライアンの譬《たと》えに大人げなくムッとして言い返すが、ライアンは笑うばかりだ。

「けど、二人して路頭に迷うことになっても、キミが一緒なら何も後悔はない」

本心から言われて、不覚にも泣きそうになる。

「だから絶対そんなことにはならないの！　だってライアンは私が世界一幸せにするんだもの！」

だけどそこでただ頷いてしまうのは、ライアンが好きな私らしくないから。

「いい？　私はこの店を最高の店にするから。それでライアンが何かやらかして騎士をクビになっても困らないようにする」

「それは俺がここの給仕係になるってこと？」

私のありえない空想に、ライアンが嬉しそうに笑う。

「いいえ給仕は絶対マックスの方が向いているからマックスを雇うわ」

そこは冷静に訂正すると、ライアンは不服そうな顔をした。

「それじゃ俺は何をすればいい？」

「素直に養われてちょうだい。あなたは私の旦那様になるんだから」

「……それはつまり、プロポーズってことで合ってる？」

「ええ、もちろん」

探るような質問に笑顔で頷いた瞬間、強く抱きしめられる。立ち上がった時に足にぶつかったのか、椅子が床に倒れる音がした。

「……ごめん、取り乱した」

「ふふ、珍しいものが見られたわ」

抱き返しながら言うと、ライアンが照れたように耳元でうめいた。

「急《せ》かすつもりはなかったけど、受け入れてもらえて心底ほっとしてるよ」

「不安にさせてごめんなさい」

強くその背を抱いて、許しを請うようにライアンの首筋に額を擦り付ける。

一度は別れまで決意して、ライアンに告げた。

今なら分かる。それはライアンのためだなんて綺麗ごとで誤魔化していただけの、ただの逃げだった。

「いいんだ。不安になんてなってない」

「……そうなの？」

「実は、キミと離れる心配はまったくしていなかった」

申し訳なさそうな顔で、抱擁を解きながらライアンが言う。

「どんな手を使ってでも承知してもらうつもりだった、と言ったら嫌いになるかい？」

「悪逆非道の限りを尽くすと言われたらちょっと」

「いやさすがにそこまでは。ただ、フローレスが納得できるところまで、どんな譲歩でも努力でもする気でいた」

どんなひどいことを考えていたのかと身構えたのに、あまりにもライアンらしい優しい答えに笑ってしまう。

「最初は断られるだろうなって予測していたから」

「なんでもお見通しね」

「保留はさすがに見抜けなかったよ」

拗《す》ねた口調に、ライアンが揶揄《やゆ》するように笑う。

「ただ、リカルドのように無理やり縛り付ける人間になってしまいそうで怖かった」

苦笑しながら言うけれど、その目は真剣だった。

別れを切り出した時、迷いなく拒否された時のことを思い出す。

あれが私の未練を見抜いていたのではなく、本心がどうであろうと関係なく別れる気がなかっただけだとしたら。

もしあの時、店が上手《うま》くいかなくて別れるくらいなら、そんな店諦めて公爵家に入れと強制されていたら、私はどうしていただろう。

「……もしそうなってたとしても、嫌いになったりしないわ」

リカルドのように反発してやり返してやろうなんて思ったりはしない。

やっぱり分かってくれていなかったのねと少し残念に思って、最終的にはライアンの言うことに従っていたかもしれない。それはそれで穏やかに生きていけるだろうなんて、冷めたことを思いながら。

「うん。だけどずっと好きでいてほしいから」

そうなることはきっとライアンにも分かっているのだろう。

「『嫌われていない』だけじゃもう満足できないんだ」

そう言って、絵本の王子様のように跪《ひざまず》いてまっすぐに私を見上げた。それから私の手を取り、指先に口づける。

「結婚しよう、フローレス。夢に向かって突き進むキミを愛しているよ」

「……私もあなたを愛してる。必ず幸せにすると誓うわ」

「二人で幸せになるんだろう？」

「お互いを利用し合って？」

涙の滲《にじ》んだ目で冗談ぽく問えば、ライアンが面白がるように頷いた。

「そう。俺たちならきっと上手くいく」

そう言って、心から幸せそうに微笑《ほほえ》んだ。

◇◇◇

窓ガラスに新たに刻まれた、上品に光る金色の文字をそっと指先でなぞる。

少しざらざらとしたその感触に、思わず口元が綻んだ。

昼間は太陽光の反射で霞《かす》んでしまうその場所には、確かに『王室御用達《ごようたし》』の文字が刻まれていた。

「もっと目立つところに大きな看板を掲げればいいのに」

「それじゃまたミーハーな一見客しか来なくなっちゃうでしょう」

こういうさりげないのがいいのよ、としたり顔でライアンに返す。

プセマが御用となり、この店が華麗なる復活を遂げてから半年が経《た》つ。

常連客の口コミのおかげでさらに評判を呼び、高名な貴族も通ってくれるようになるまでは早かった。その後カトレアの推薦もあって、王室御用達の公認看板を下げられるようになったのだ。

国側が指定する看板職人にどんなデザインにするか尋ねられた時、窓ガラスにさりげなく、と注文した時は正気を疑われた。普通、認可された店は一番目立つ場所にでかでかと掲げるものらしい。

でも私には私なりの考えがあった。

ポーラ・クレインのように、王室御用達の看板に期待して入った人の中には、きっと一度食事をしたら満足と達成感を得てこなくなってしまう人もいるだろう。あるいは期待値が上がりすぎて、本当は美味しいと思っているのに「王室御用達なのにこんなものか」と貶《けな》したくなる人もいるかもしれない。

人間の心理とは複雑なものだ。そういう人は、その看板さえなければ素直に評価してくれたりもする。

「だからそういうのじゃなくて、看板に気付かずに純粋に雰囲気の良さに惹《ひ》かれて入ってくれたお客さんがいるとするでしょう？　『ああいい店だったなぁ、また来ようかな』って。そう思った時にレジ横の窓ガラスにあるあの文字が目に入るのよ。そしたら『えっ、王室御用達!? へぇ～そうとは知らずに自分はこの店を気に入ったんだ。見る目あるな自分。よし、やっぱりこの店に通おう。もちろん王室がどうのは関係なく。自分のセンスが確かだという証明にはなったけどさ。いや絶対いい店だと思ったんだよね。だって店構えからして格が違うなって思ったもの』とまあこんな具合に記憶が改変されて、自尊心が満たされるというわけ」

ところどころに架空の人物の架空の声真似を入れて小芝居をしてみせる。

「あくどい……」

「策士と言ってくれる?」

コーヒーをすすりながらやや引き気味に言うマックスに、強気で言い返す。

もちろんそんな上手くいくとは思っていないけれど、権威を笠《かさ》に着すぎてまた痛い目に遭うのはごめんだ。私の店はこれくらいがちょうどいい。

「フローレスは本当に頭がいい」

「ライアンはフローレスに甘すぎだと思うわ」

手放しで褒めてくれるライアンに、グレタが笑いながら言う。

「それで、結婚の準備は進んでるの？」

「進んでるも何も！　ライアンの手回しが良すぎてほとんどすることなんてないのよ」

よくぞ聞いてくれたとばかりにグレタに愚痴る。本人には散々文句を言ったあとだから、ライアンの目はもはや気にならなかった。

「キース君だけじゃなくてご両親も承諾済みだったのよ、信じられる？　公爵家の人ってこんなに柔軟なもの!?」

私がプロポーズをした時にはもう彼らの中で私たちの結婚は決定事項だったらしい。

確かにライアンからプロポーズをされた時に「根回しも説得も問題ない」とは言われていたけれど、まさかすでにここまでお膳立てされていたなんて夢にも思わなかった。

おかげで両家の顔合わせはすぐに行われ、爵位を得たばかりで貴族会にほとんどパイプのない父は、今にも倒れそうなほど緊張していて可哀想《かわいそう》なくらいだった。

幸い、ライアンのご両親は非常に好意的で、拍子抜けするくらいにあっさりとライアンとの結婚を認めてくれた。

どうやらリカルドのことや、ひいてはスターリング家のことで私がしでかしたことを知って、もともと興味津々だったらしい。

彼らは、公爵家の地位と権力を振りかざして好き放題しているスターリング家のことをずっと苦々しく思っていたそうだ。それで同じ公爵家としてどうにかすべきだと策を講じていたところ、婚約破棄での暴露や、今回のことがちょうどよく舞い込んできたのだとか。

この機を逃さず、別方向から集めた証拠や証言を提出したのもあって、今回の処罰となったらしい。

「両親はフローレスのことをいたく気に入っている」

当たり前だと言わんばかりにライアンが保証してくれても、実際に会うまではとても信じられなかった。

「それだけじゃないの。公爵家の継承権を移譲する手続きとか、それによって影響を受けるとこへの挨拶回りとかそういうの全部！　もうやってあるんですって！」

ありえないわよね!?　とこの困惑に少しでも共感してほしくて、グレタの肩を摑《つか》み揺さぶりながら問う。

「あー、実はその辺、私もちょっと嚙《か》んでるのよね」

「え!?」

けれど思いがけず目を逸《そ》らしながら言うグレタに驚愕《きょうがく》する。

「だって私その辺の関係部署だもーん」

私に黙って暗躍していたことを、悪びれもせずにグレタが言って、おどけるようにパッと両手を広げた。

「少しくらい教えてくれてもいいじゃない！」

「いやよ。だってその方が面白いもの」

きっぱりと本気の顔で言われて、それ以上何も言えなくなる。

実際にはライアンに口止めもされていただろうし、言えなかったというのが本当だろう。ただ、面白いというのも半分くらいはある気がした。

「でもおかげで、あとは式をどうしたいかと、結婚後の生活を考えるだけで済むじゃない？」

「それはそうだけど……」

結婚にかかる苦労くらい、ライアンと分かち合いたかったのに。

それをライアンに言ったら、「苦労より幸福を分かち合うべきだ」と言いくるめられてしまったのだけど。

「披露宴とかささやかにやりたかったけど、さすがにこの店じゃ収まりきらないわよね？」

「カトレアも来たがっていたから、それだけで護衛が十人は来るよ」

「一発アウトだな」

マックスが言って、グレタがケラケラと笑う。

お互いの家族だけでもギリギリだというのに、やはりこの店でというのは無理そうだ。

けれどカトレアを呼ばないという選択肢はなかったので、諦めてライアンが候補に挙げてくれた会場から選ぼうと思う。

庶民の小娘でもあるけれど、元高位貴族で現騎士団長の妻でもあるのだ。ワガママばかりは言っていられない。ライアンが全力で歩み寄ってくれているのだから、私だって歩み寄りたい。

それからしばらく四人での談笑が続いて、ようやく穏やかな日常が戻ってきたことを実感してホッと胸を撫でおろす。

今回のことで、自分が周りの人間にとても恵まれていることをしみじみ感じることができた。

そこに打算はないこと、それでも困った時は頼っていいのだということを思い出させてくれたライアンに、心から感謝している。

どんな状況になっても揺るぎなく与えられる愛に甘えるばかりでなく、私も揺るぎなく彼を支えられる人間でありたい。

そんな決意を込めて最愛の人を見つめる。

「それで、この次はどうする？」

視線に気付いたライアンが、私の目を見てにこりと笑った。

「そうね、披露宴のおもてなし料理をみんなで考えましょうか」

「主役なのに、フローレスが作るの？」

「あら、あなたも一緒に作る？」

冗談で問えば、ライアンが楽しそうに頷いた。

ライアンといる限り、これから何があったってきっと大丈夫。

彼の笑顔を見て、心からそう思えた。

店の戸締りを確認して、ガラスに映る全身を見て身だしなみの最終チェックをする。

休日仕様のワンピースはおろしたてで、浮かれた気分のままに裾がふわりと風に翻った。

よし、完璧。

一つ小さく頷《うなず》いて、待ち合わせ場所に向かうべく振り返った。

「……見ていたなら声をかけてくれる？」

「後ろ姿に見惚《みと》れてたんだ」

見られていた気恥ずかしさに不機嫌を装って言えば、ライアンは悪びれもせずにさらりと返してきた。

「どうしてここにいるのって聞いた方がいいのかしら」

「待ち合わせ場所までの通り道だったんだって言ったら信じる？」

「一体どんな遠回りをしたらここを通るのよ」

待ち合わせに選んだ場所は、ライアンの暮らす騎士団の寄宿舎からここに来るまでの間にある。その上、遠くからでも視認できる程度に高い建物が目印だ。かなりの方向音痴でも迷うことなく辿《たど》り着ける。

「早く会いたくて」

そう言ってライアンが私の手を取る。

「待ち合わせの意味がないじゃない」

そのまま手を繋《つな》いで歩き出しながら文句を言えば、ライアンは「だから迎えに行くって言ったんだ」と得意げに笑った。

「……分かった。私が間違ってました」

そこは得意げにするところじゃないわと思ったけれど、その顔がなんだか可愛《かわい》かったので反論はやめて負けを認めることにした。

結局、私だって予定より早くライアンに会えて喜んでしまっているのだ。

独身でいるのもあとわずかだから、最後に恋人らしいデートをと思って待ち合わせを提案したのだけど、私たちには合わなかったようだ。

目的の店までは歩いて十五分ほど。そのわずかな間で、会えなかった時間の楽しかったことを報告し合う。

最近はライアンの仕事も落ち着いているようで、その足取りはいつもより軽やかだった。

目的地が見えて、足を止めごくりと息を呑《の》む。

そこは王都一と名高い宝飾店だ。

きらびやかなアクセサリーをショーウィンドウに並べ立てるお手頃価格な店とは違い、荘厳な店構えをしている。店名の他に、外から得られる情報は何もないけれど、それゆえに「一見さん、お断り」と大きく書かれているような錯覚さえしてしまう。

「さ、入ろうか」

気合いが必要な私とは違い、そこらのカフェに入るような気軽さでライアンが言う。

それで私の肩の力も少し抜けてしまった。

さすが貴族のご令息だ。庶民には到底立ち入りがたい店など、慣れているのだろう。

普段あんまり意識することはないけれど、こういう時はやっぱり貴族なのだなと感心してしまう。

入口の前まで行くと、内側からドアが開けられた。開けてくれたのは初老の上品な紳士で、その後ろに女性店員が数名控えていた。

「やあスミス。随分と久しぶりだ」

「ようこそライアン坊ちゃん。この度はご婚約おめでとうございます」

「坊ちゃんはよしてくれないか……」

ライアンが目元をわずかに染めて気まずそうに言う。

昔からの付き合いなのだろう。スミスと呼ばれた紳士は、小さく笑ったあとで「仰せの通りに」と親し気に了承した。

「本日は婚約指輪をご覧いただけると伺って、張り切ってご用意いたしております。婚約者様に気に入っていただけるものがあるとよろしいのですが……」

私たちを店内に招き入れながらそこまで言って、スミス氏がライアンから私に視線を移した。

「ああ、紹介するよ。彼女は婚約者のフローレス・アークライトだ。フローレス、彼はこの店の店長のスミスだ」

ライアンが私を紹介するのに合わせてぺこりとお辞儀をする。

貴族的な礼儀作法はあるのかもしれないけれど、私は今もこの先も厳密には貴族ではないし、ライアンもそうしろとは言わなかった。

スミスはどう思うだろうか。

クリフォード家の長男が一代貴族の娘と結婚するという噂《うわさ》は、もうすでに社交界中に広まっている。だとすれば、貴族相手の商売をしている彼ももちろん、私の立場を理解しているはずだ。

反射的に身構えそうになる私に、彼はにこりと微笑《ほほえ》んだ。

「初めましてフローレス・アークライト様。お名前でお呼びしてもよろしいでしょうか」

「……ええ、もちろんです」

「ありがとうございます。それではフローレス様、こちらへどうぞ」

さすが一流店だ。彼は見事にライアンに対するのと同じ丁寧さで私に接し、ほんのわずかすら値踏みする気配を感じさせなかった。

それどころか指輪選びの主役は女性だからと、椅子に座らされてからはライアン以上に恭しい扱いを受けて戸惑ってしまう。

「ああフローレス、こっちの一粒ダイヤの指輪なんてどうだろう」

目の前のテーブルにあれこれと並べられる豪華な指輪たちの、宝石の種類を覚えるのが精一杯の私にライアンが言う。

「冗談でしょう？　店で出す角砂糖より大きいじゃない」

下手をしたら私の指より太いかもしれない宝石だ。値段を大雑把に推測することすらできない。

さっきからライアンが勧めてくるのは、宝石の種類は違えどやたら大きな石がついたものばかりだ。

「こんな大きな宝石がついていたら、あちこちに引っ掛けて傷だらけになっちゃうわ」

「だがせっかくの婚約指輪だ。いいものを贈りたい」

価格を一切見ないのに呆《あき》れつつも、一番いいものをプレゼントしたいという気持ちはありがたい。けれど指輪の好みは石の大きさに比例しないのだ。それにこんな、カフェがもう一軒建ってしまいそうな指輪を強請《ねだ》れるほど図々《ずうずう》しくはない。

第一、厨房《ちゅうぼう》で働く人間にとってそんな大きな石は邪魔でしかないのだ。

「あのねライアン。飲食店だから、営業中はつけられないのよ？」

分かってほしいという気持ちを込めて優しく言えば、ライアンがハッとした顔になった。それからガッカリしたのを隠しもせずに肩を落とす。

「すまない。考えが足りなかった」

「私だって騎士が何を考えて働いているかなんて分からないもの。お互い様よ」

笑いながら返す。

騎士の鎧《よろい》は、遠征用はともかく式典用は驚くほどに派手だ。完全に観賞目的に作られたそれを、ライアンはことあるごとに着ている。そんな彼から見れば、カフェ店員が多少着飾っていても違和感がないのかもしれない。

お互いの業種が違いすぎて、想像力が及ばないことなんて多々あるだろう。

「ようやくキミが俺のものだって堂々とアピールできると思ったのに」

けれどライアンが落ち込んでいたのは、そんな理由ではなかったらしい。婚約指輪の役割として、将来の約束というより周知の方が彼にとっては重要だったようだ。

「今までもずっとライアンだけのもののつもりだったけど」

私がそう言えば、嬉《うれ》しそうにはするものの、やはりどこか不満そうな顔だ。

「傍《はた》から見れば分からないだろう」

「それはそうだけど」

確かに営業中にそういった意味で声をかけてくる男性もいなくはない。でもそれはカフェを女一人で切り盛りするのが珍しくて、という人が多いのではないか。

ライアンが心配するほどのことでもない気はするけれど、それでもそういう独占欲のようなものを見せられると、嬉しいのと同時になんだかくすぐったかった。

「胸に『ライアンのもの』って札でもつけておきましょうか？」

「そうしてくれると助かる」

私の冗談に、ライアンが真顔で頷く。

「ジョークよ」

呆れて返すと、思い直したような真剣な目で「やはり宝石は大きいほどいい」と並べられた指輪を改めて見始めた。

「でもそうか、仕事中につけられないなら指輪は無意味か……」

「あら、店以外ではつけるんだから無意味なんかじゃないわ」

残念そうに呟《つぶや》くライアンに、指輪そのものは嬉しいのだと正直に言う。

「ずっと？」

「ええずっと。私だって、ライアンの妻になるっていう確証みたいなものは欲しいもの」

恥ずかしいのを堪《こら》えながら本心を打ち明ければ、ライアンが頬を染める。

つくづく可愛い人だと思う。そんな人と結婚できるなんて、まるで夢物語のようだ。

「だからね、そんな大きな石ばかり見てないで。重くて指が疲れちゃうわ」

「確かにそうだ。こんな華奢《きゃしゃ》な手にはめるものではないな」

私の手を取り、じっくり見ながら言う。

調理中のミスで火傷《やけど》や切り傷の痕がいくつかあるし、そんな大層な手ではない。けれどライアンに言わせれば、まるで国宝級の手に思えてくるから不思議だ。

「寝る時でもつけていたいの。だから引っ掛けないで済むのがいいわ」

そしてできればお値段ももっと控えめで。

それを言うとライアンが「遠慮するな」と言いそうなのでやめておく。

「これくらいシンプルなのが好みなの」

目の前に並べられた中で、一番シンプルなものを指さして言う。小さな石が一つ、リングに埋め込まれているタイプのものだ。

私にはこれで十分。いっそ宝石なんて一つもついていないくらいのものでもいい。

「それはさすがに寂しくないか？」

「宝石の存在感に気を取られるより、指輪そのものを大切にしたいのよ」

なんだったら、ただの鉄の輪っかだってかまわない。ライアンがくれたということが重要なのだ。

「うーん、できれば全身を飾り付けたいくらいなんだが」

「それは聖誕祭のツリーで楽しんでくれる？」

半ば以上本気で言っている様子のライアンにストップをかける。そんなにゴテゴテ飾り付けられたら、強盗が怖くて家から一歩も出られなくなってしまう。

「それにねライアン。今はまだお互い独身だから口を出さないけど、結婚したら同じ家計になるんですからね。今から金銭感覚を近づけられるようお互い努力をしないと」

実際のところ、公爵家を出たといってもライアンには騎士団の団長という確固たる地位がある。私と結婚したところで、質素な生活とは無縁だろう。

私だって売上はかなり回復してきているから、うるさく言うつもりはない。

けれど貴族の感覚で高価なものを買うのを間近で見たら、きっと肝が冷えるに違いない。

ライアンの自由を制限してしまうかもしれないというのに、彼は嬉しそうに目を細めた。

「同じ家計か。なんて幸せな響きなんだろう」

私の懸念をよそに、夢見るような口調で言われて脱力してしまう。

「あなたが買いたいものに、私が口を出せてしまうのよ？」

「フローレスさえいれば他は何もいらないさ」

なんてことない顔でライアンが言う。

事実彼は、公園でのデートでも家でのデートでも、私の隣にいるだけでニコニコと幸せそうにしているのだ。私が元気で健康であれば、おしゃべりすら必要もないのかもしれない。

私もライアンとなら一言もしゃべらなくても幸せを感じられるから、いい勝負なのだけど。

彼ならきっと、貧乏生活だって楽しめてしまうだろう。

だけどライアンにそんな生活をさせるのは、私が嫌だから。どんな高額なものだって買ってあげられるように、この先も努力を続けていこうと思う。

まあライアンはそんなこと気にしないということも知っているのだけど。

ただ、勝手にそれくらいの気概でいるというだけのことだ。

「何か気負いすぎてない？」

何気なく尋ねられてドキリとする。

視線を向けると、ライアンはからかうような笑みで私を見ていた。

「別に。あなたの幸せのことなんてこれっぽっちも考えていないわ」

「そう。なら安心だ。また一人で無理しようとしているんじゃないかとヒヤヒヤしたよ」

すっかり見透かされていることを承知の上でそう言えば、ライアンも分かっているよという顔で笑いながら肩を竦《すく》めた。

「さあ肩の力を抜いて。フローレスがただ好きだと思うものを選べばいいんだよ」

「別に高価だから遠慮してるわけじゃ……」

なんだかあやされているような口ぶりに恥ずかしくなって、いじけた口調になってしまう。

けれどその子供じみた言い方さえもライアンの目にはプラスに映るらしく、彼は笑みを深めるだけだった。

「それではこちらはいかがでしょう？」

会話が途切れたのを見計らって、また数点の指輪を乗せたトレイを店長が目の前に置いた。

新たに並べられたラインナップは、華奢で曲線的なリングに控えめな宝石がついているものが多い。

私の好みに合わせたら店の売上が減ってしまうかもしれない。それなのに店員さんたちは、私たちの会話にクスクスと笑いながら、シンプルなデザインの指輪を店中からかき集めてくれていたのだ。

「素敵……！　あぁっ、こっちも」

それらを見て、思わずため息が漏れる。

最初に並べられたものは、やたら目立つ宝石が私の好みにも金銭感覚にも合わずピンとこなかった。もともとアクセサリー自体には興味が薄いのだ。最終的にはライアンに選んでもらおうなんて考えていたのに。

好みに合致するものを出されると、途端にワクワクしてきてしまうから不思議だ。

反応の違いに気付いたのか、そこからはライアンも黙って私が選ぶのを見守ってくれた。

予定していたより長い時間をかけて、ようやくシンプルだが美しいデザインの指輪に決定した。

ちらりと見えた値段はちっともシンプルじゃなかったけれど、そこはすぐに記憶から消し去ることで心の平穏を保つことにした。

「お時間を取らせてしまって申し訳ありませんでした」

「いいえとんでもないことでございます。心からご納得いくものを見つけられて、喜ばしい限りです」

つい店員側の感覚で言ってしまったけれど、スミス氏は気にした様子もなく本当に嬉しそうに微笑んでくれた。

「それでは、完成まで一ヶ月ほどのお時間いただきますね」

指のサイズを測ってくれたあとで、女性店員がにこやかに言う。

なんだって!?

そんな声が聞こえそうな驚愕《きょうがく》の表情をしたライアンは、一瞬で紳士然とした笑みを取り戻し、

「よろしく頼む」と落ち着いた声で言った。

どうやら今日そのまま持って帰れると思っていたらしい。

ライアンは動揺を見事にしまい込み、必要な書類にサインをするためにカウンターの椅子へと移動した。

そのタイミングで、ライアンがちらりと店長を見る。

「お手続きをお待ちの間、フローレス様はあちらでお茶でもいかがですか」

心得たようにスミスに問われ、少し迷ったが頷いた。高級宝飾店の出すお茶に興味があったのだ。

店の奥にある応接室に通され、フカフカのソファに座る。それから店長自らが紅茶を淹《い》れてくれることに驚く。茶葉は当然のように一級品で、カトレアが勧めてくれた中の一つだということにすぐに気付いた。

「美味《おい》しい……！」

紅茶と一緒に出された焼き菓子を一口食べて、思わず感嘆の声が漏れる。

これはたぶん、お金を出せば誰でも買えるという類《たぐい》のものではない。それなりの身分と伝手《つて》があって初めて手に入るような、超一流パティシエの手によるものに違いない。

「お口に合ったようで何よりです」

スミスが穏やかな口調で言う。

上得意様の連れだから仕方なく、とか、悪意や侮蔑を裏に潜ませている、なんて雰囲気は微塵《みじん》も感じない。むしろどこか温かさすら感じるのは気のせいだろうか。

「……嫌ではないのですか？」

スミスは、上得意の貴族だからというだけでなく、明らかにライアン個人に対して好意的だ。そしてそれは、私への敵意に繋がってもおかしくないはずなのに。

「まさか。ライアン坊ちゃんの選ばれた方ですよ？」

何が、とは聞かずにスミスが愛嬌《あいきょう》のある笑みで答える。

私が聞きたいことをすぐに察してくれたようだ。きっと私の態度や視線から、気にしているのを見抜いていたのだろう。

「むしろ安心しております」

「安心、ですか？」

「ええ。以前のライアン坊ちゃんでしたら、妻なんて誰がなっても同じだなんて仰《おつしや》っていたでしょうから」

苦笑交じりだが、親しみのこもった口調だ。

クリフォード家ほどの貴族ともなれば、店長自らが屋敷に直接商品を持っていくことも多かったはずだ。坊ちゃんという呼び方からして、ライアンが子供の頃からの付き合いなのだろう。

「こだわりや執着というものがなかったのでしょう。ですから、いつ強引な御令嬢に連れられてくるのかとハラハラしておりました」

「強引な……」

「ええ。例えば好きなものを選べと言われたら、『この店で一番高いものを』と仰りそうな御令嬢を」

スミスは冗談めかして言うが、案外本気なのではないかと思う。

ライアンが勧める巨大な宝石がついた指輪を、私が却下するたび楽し気に目を細めていたから。

彼にならば、馬鹿にされず頼みごとができるかもしれない。

「……あの、お願いがあるんですけど」

意を決して口を開くと、すぐに意図を汲《く》み取ったらしいスミスの目に、商売人のきらめきが宿った。

◇◇◇

自分の店に戻り、二階の自宅部分にライアンを招き入れる。

「はぁ～、もうクタクタ……」

ようやく落ち着ける空間に戻れたことで気が抜ける。

あのあと指輪以外の買い物にも行き、さすがに少し疲れてしまった。

「お疲れ様。俺の我儘《わがまま》に付き合ってくれてありがとう」

「二人のことだもの。ワガママなんかじゃないわ」

今日行った店は、結婚に関連するものがほとんどだ。ドレスの採寸をしたり、結婚後に二人で使う家具を選んだり。ライアンが選んだ店だから格式高いところが多く、確かに気疲れはした。けれど品物を見れば質の高さを実感できるし、ああいうところに通えば自然と目も肥えそうで勉強になる。店内の調度品を買い替える時期が来た時の参考にもなるから、その点でもありがたかった。

「あなたと一緒ならお店に入るのに躊躇《ちゅうちょ》せずに済むし、これからも連れて行ってほしいくらい」

本心からそう言えば、ライアンがホッとしたように頬を緩めた。

それから抱えていた大荷物をライアンが床に並べてくれる間、キッチンに向かう。

すぐに紅茶を淹れてリビングに戻ると、ライアンがそれを受け取ってローテーブルに置いた。

二人掛けのソファに並んで座り、しばしまったりとした時間を過ごすことにした。

ティーカップからは芳醇《ほうじゅん》な香りが漂っていて、リラックスするには最適だった。

「これはカトレアから?」

「そう。外交で国外に行かれた時のお土産《みやげ》でいただいたの」

値段を聞くような無粋な真似《まね》はしなかったけれど、間違いなく一級品だ。店では絶対に出せないくらいの。目隠しで飲み比べても当てられる自信がある。

ライアンは一口飲むと満足そうなため息を漏らした。

「……美味しいな」

「ね! 私、カトレア様のおかげでどんどん紅茶が好きになっていくわ」

私も紅茶を飲んでから言えば、ライアンが複雑そうな顔をした。

「なあにその顔」

「最初にフローレスに紅茶を啓蒙《けいもう》したのは俺なのに」

「あはは っ! 確かにきっかけはライアンね」

「それに、なんだかすっかりカトレアと仲良しだ」

俺のところにはこんなお土産なかったのに、とライアンが不服そうに言う。

「あなた一体どっちに嫉妬しているの?」

からかうように問えば、ライアンは「カトレアに決まっているだろう」と当然のように言って私の肩に自分の頭を乗せた。

「……実は、贈り物があるんだ」

そう言ってゴソゴソと上着のポケットから小さな箱を取り出す。そのラッピングに印字されている文字には見覚えがあった。

「それ、宝飾店の……」

今日行ったばかりの店の名前だ。忘れるはずがない。

驚愕の呟きにライアンは慈母のような微笑みを浮かべ、それから自分でラッピングを解《ほど》いて中身を私に見せた。

「っ、これ……！」

「左手を、フローレス」

唖然《あぜん》とする私をよそに、リングケースに鎮座していた指輪をそっと私の薬指にはめた。

それは石も何もついていない、シンプルな指輪だった。

ライアンは私の左手をじっくりと眺め、それから満足げな表情を浮かべた。

「これで少しはカトレアへの牽制《けんせい》になればいいんだが」

「何を言ってるのよ」

真面目に言っているらしいライアンに呆れて言う。

「二本も買うなんて」

婚約指輪を今日持ち帰れないと知ったライアンは、即座に頭を切り替えていたらしい。会計の時に私を応接室へ追いやっている隙に、私のサイズがすぐに用意できる指輪を見せてもらえるよう店員に頼んでいたのだろう。

「スミスが応接室にキミを連れて行ってくれて助かった」

「なるほど、あの目配せにはそういう意味があったのね」

彼が私とライアンを分断したのは、そんな理由があったのか。

さすが長い付き合いだ。意思の疎通はお手の物らしい。

「それは婚約指輪とはまた別の、ただのプレゼントだ」

「誕生日でもないのに?」

涼しい表情で言うライアンに責める視線を向けるが、彼はどこ吹く風といった様子で指輪を撫《な》でている。

その無邪気で上機嫌な様子に、無駄遣いをしてはダメなんて言う気はすっかり失《う》せてしまった。

第一、今の私にライアンを窘《たしな》める資格なんてないのだ。

「夫婦は性格が似てくるって言うけど、私たち結婚前から似ているみたい」

観念したようにため息交じりで言いながら、スカートのポケットから小さな箱を取り出す。ライアンのものとは違う色のリボンがついた、同じ店名の入ったラッピング。

それを見て、ライアンの目が丸くなった。

「これ、どうしたの」

「私からのプレゼント。開けてみて」

箱を受け取ったライアンが、丁重な手つきでラッピングをはがしていく。そうして中身に辿り着いた瞬間、口元を綻ばせた。

「すごい、奇跡だ」

感動したようにライアンが呟く。

そこには男性サイズの指輪が鎮座していて、デザインはシンプルだが、私が今もらった指輪と対になるものだということが明白だった。

「いつの間にこれを？」

「応接室にいる時に、店長さんにお願いしたの。ライアンに似合う指輪を贈りたいって」

そう、スミスへの頼みごとはこれだ。

彼は私が希望を口にするのとほぼ同時に、応接室にあったベルを鳴らした。すかさず女性店員が姿を現し、彼が一言何かを耳打ちしただけで、全てを理解した顔で私に深く頷き、応接室を出ていった。

それから数分と経《た》たないうちに、ライアンに似合いそうなものをいくつかピックアップして戻ってきた。

選んだデザインが、偶然ライアンの選んでくれたものと対となるものだった。

もちろん私はそんなふうには思っていない。

彼らは奇跡を演出してくれたのだ。

あの有能そうな店員のことだ。きっとライアンが私用にと選んだ指輪と対になるものと、私の好みに合わないだろういくつかの指輪を並べて持ってきたのだろう。婚約指輪を選んでいる間だけで、それくらい把握されていそうだ。

それを余計なおせっかいではなく、粋な計らいと思えるところまで含めて、あの店が繁盛するのに納得がいった。

同じ客商売として見習うべき点はたくさんありそうだ。

シンプルだが洗練されたデザインの指輪。私にとっては高い買い物だった。けれどそれをまったく後悔しないくらいには、私もライアンに指輪をしていてほしかったのだ。

「私がはめてもいい？」

「もちろん。実は開けた瞬間からそれを期待していた」

そう言いながら、ライアンがいそいそと姿勢を正す。

それから左手を差し出して、「いつでもどうぞ」と期待に満ちた目で私を見た。

なんだか急激に動悸《どうき》が激しくなってきて、ライアンの左手に触れようとした手が震える。

彼の手は真面目に鍛錬に明け暮れていた証《あかし》のようにゴツゴツとしていて、それが余計に私の心臓を高く鳴らした。

サイズはスミスが保証してくれた通りピッタリだった。顧客のパーソナルデータは毎年更新しているらしい。こういうところも見習いたい。

「良かった、ちゃんと入った」

ホッとして手を離そうとした瞬間、指を絡め合うようにぎゅっと握られる。

「この指輪に、キミへの永遠の愛を誓おう」

ライアンが衒《てら》いもなく言う。その表情は真摯で、不意に涙が落ちそうになる。

「結婚指輪にではなくて？」

それを誤魔化したくて、笑いながら言う。

「ああ。形式も義務も関係なく、フローレスが俺に贈ってくれたものだから」

そう言って、自分の左手の指輪を愛《いと》おしそうに見つめる。

「人生最高の贈り物だ」

それからライアンは抱き寄せるように私の腰に左腕を回した。顔がゆっくりと近づいて、自然に目を閉じる。少し長めのキスに、いつも以上に鼓動が速くなる。

腰に触れているライアンの左手に私の左手を重ねると、指輪がかちりと合わさった。

「ふふ」

指輪同士を触れ合わせて、ライアンが小さく笑い声をこぼす。

「ありがとう、フローレス。大切にする」

ライアンが私の肩に頬を寄せて言う。

「……私も。ありがとうライアン。本当はすごく嬉しい」

ライアンの頭に頬を擦り付けて、ホッと息を吐く。

「ずっと肌身離さずつけるから」

「営業中は我慢するよ」

私が言えば、ライアンが理解ある大人みたいな口ぶりで鷹揚《おうよう》に頷いた。

「営業中もつけられるようにって、スミスさんがネックレスのチェーンをつけてくださったの。婚約指輪用にだけど」

もちろん代金はいただきません、と言ってスミスは美しく繊細なチェーンをサービスでつけてくれた。

さすがにそこまで甘えるわけにはと遠慮しようとした私に、彼は「ライアン坊ちゃんのために是非」と押しの強い笑顔で言ったのだ。

「それは……結婚指輪もスミスの店の世話になりそうだ」

「あら、最初からそのつもりなんだと思っていたわ」

嬉しそうに笑うライアンにそう返せば、彼は「バレていたか」とおどけてみせた。

どこで購入するかはまだ決めていなかったけれど、結婚指輪はきっと私の希望を優先してくれるつもりだったのだろう。

だけど私もすっかりあの店のファンになってしまっていた。そのことにライアンも気付いているのだろう。

「格式が高すぎて肩が凝っちゃった。あんな高いお店、もう行きたくないわ」

あえて正反対のひねくれた言い方をすると、ライアンが眉尻を下げた。

「残念なお知らせだけど、来月もう一度行かなくちゃならないんだ」

本当に残念そうにライアンが言うから思わず笑ってしまう。

どちらにせよ、完成した指輪を受け取りに行くのだ。分かっていて口にした冗談に、ライアンが乗ってくれたのが嬉しかった。

「スミスさんに接客の極意を教えていただきたいものだわ」

「俺から頼んでおこうか？」

「いつか本気でお願いするかも」

ライアンのコネを使ってでも弟子入りしたい。

だって私が目指す理想のお店に近いものを感じるのだ。

見るからにハイクラスなお店なのに、スマートで気取らない。温かみがあるけどアットホームにはなりすぎない特別感。

もちろん歴史ある老舗《しにせ》ならではの重厚感もあるとは思うが、それだけではない好感を持ったのはやはりスミスを始めとした店員たちの接客力にある。

「まさか婚約指輪だけじゃなくペアリングまで買うことになるなんて」

「それはそれとしよう」

おそろいの指輪を見ながら言えば、ライアンが繋いだ手にぎゅっと力を込めた。

「結婚してからも、したい時にプレゼントをして構わないかい？」

「ダメよ」

苦笑しながら否定すれば、ライアンが不服そうに片眉を上げた。

「この先何が起きるか分からないでしょう？　少しは貯金をしておかなくちゃ」

店が再び危機に陥るかもしれない。それだけでなく、考えたくもないけれどライアンが怪我《けが》をして騎士の道を諦めなくてはならない可能性だってある。

「だいたい、今日買ってもらった分と結婚指輪でもう十分だわ」

「けど、貴金属ならいざという時の質草にもなるだろう」

「そんなところまで考えていたの？」

まさか大貴族であるライアンにそんな発想があるなんて。

「いいや、今思いついた」

驚く私に、ライアンがシレッと返す。

思わず半眼になる私を見ても、ライアンは悪びれた様子もなく右手を顎に当て考える仕草をした。

「キミにプレゼントするための口実を、今からたくさん考えておく必要があるな」

どうやら真剣に検討しているらしい。

私にプレゼントすることが彼の生き甲斐《がい》だとでもいうように。

もしライアンがどうしてもしたいというのなら、これ以上うるさく言う気はないけれど。

「……プレゼントを買いに行く時間があるなら、私とデートしてほしいんだけど」

目的と手段が入れ替わっていませんか。

そんな気持ちでむくれて言えば、ライアンがハッと気付いたように目を見開いた。

「それもそうだ。いつだってフローレスが正しい」

反省したように殊勝な態度で言って、ぎゅっと私の身体《からだ》を抱きしめる。

「分かればよろしい」

私を喜ばせたいのなら、二人の時間を作ってくれるのが一番だ。なんなら自宅でのんびり過ごすだけでも構わない。

「では改めて、デート中にプレゼントを選ぶというのでいいかい」

それから身体を離し、ちっとも分かっていない顔でライアンが言う。

でもこれはたぶん彼の冗談だ。デート中の花屋で綺麗《きれい》な花を一輪、なんてプレゼントはあるかもしれないけれど、今日みたいに選ぶのに時間がかかるプレゼントは控えてくれることだろう。

「もう……そんな調子だと、あっという間にこの家が物で溢《あふ》れちゃうじゃない」

クスクス笑いながら、私も冗談で返す。

結婚後、私たちはこの家に住むことになる。

ライアンの希望だ。別の場所にもう少し広い家を借りようという私の提案は、やんわりと却下されてしまった。私としては職場と家が同じ場所なのはありがたいけれど、大きなお屋敷で生まれ育った彼にとって、この家はあまりにも狭すぎる。それでもライアンはここに住みたいのだと、珍しく頑《かたく》なだった。

休みが合わない時でも、ここにいれば私が働く気配を感じられるから嬉しいのだそうだ。

そう言われてしまえば、それ以上反対する気にもなれない。

さすがに閉店作業まで手伝う気でいるのは、結婚式までに諦めさせようと思っているけれど。

「まだまだ準備することがたくさんあるわね」

「嫌になってきた？」

「まさか。楽しみで仕方ないわ」

澄ました顔で言えば、ライアンが嬉しそうに私の頬を撫でた。

実際、憂うことなどもう何もないのだ。

ライアンのご両親への挨拶はすでにつつがなく終えている。

キースへの家督相続権の譲渡手続きも、グレタの協力もあって順調だ。

披露宴で振る舞う料理のメニューを考えるのはワクワクするし、ライアンは本気で手伝う気でいるのだから尚更《なおさら》だ。

大変ではあるけれど、それら全てがライアンとの結婚生活に繋がっているのだと思えば苦労と言うほどのものでもない。

「マックスに給仕してもらう算段はついたのかい」

「すごーく渋い顔で快諾してくれたわ」

ポーラ・クレインで鍛えた接客力だ。きっと列席される貴族の方々にもご満足いただけることだろう。

「キミたちの間で何か大きなすれ違いが起きている気がするが」

「うふ、大丈夫よ。デザートの時に好き放題コーヒーを振る舞ってもらうだけだから」

もちろんマックスだって大事な招待客だ。だからあくまでも余興として、一から仕立てたウェイター風の衣装を着てもらい、私とグレタだけで楽しませてもらう予定だ。

最初、披露宴全体を通しての給仕だと思ったマックスは、渋面を作って即座に断ろうとした。けれどデザートの時のみ、コーヒーの種類はお任せで、と言ったら彼はあっさりと手のひらを返した。どうやらあれ以来、自分が選んで淹れたコーヒーを飲んだ人の、喜ぶ顔を見ることにハマっているらしい。

「よくそんな楽しそうなことを次から次に思いつけるな」

ライアンが感心したように言う。

「だって人生に一度きりのことだもの。思い切り楽しまなくちゃ」

相続権を放棄したとは言え、クリフォード公爵家の長男という事実には変わりない。ライアン側の招待客には、そうそうたる顔ぶれが集まる予定だ。地味婚を早々に諦めた私は、いっそやりたいことを全部詰め込んでしまえと開き直ったのだ。

今は結婚式の主役権限を最大限に行使して、あれこれ考えるのが楽しかった。

「だからライアンも何かいい案があったらどんどん言ってね」

「そうだな例えば……騎士団のメンバーでラインダンスを踊るとか？」

イタズラを思いついた顔でライアンが言う。

それを聞いて私は全開の笑みを浮かべた。

「なにそれ素敵！　ライアンも踊ってくれるのよね!?」

屈強な騎士たちによるラインダンス。きっと圧巻だろう。式典で見せる一糸乱れぬ動きをする彼らなら、完璧にこなせるに違いない。

「いやいや。冗談。冗談だよフローレス」

「聞こえないわ。ああどうしよう、また楽しみが一つ増えちゃった」

両手で耳を塞いで、ライアンの焦ったような声を強制的に遮る。

「ちょっ、嘘《うそ》だってフローレス。頼むから聞いてくれ！」

耳を塞ぐ手を、優しく引きはがそうとするライアンから逃げるようにソファに寝転がる。

それを追いかけてライアンが私の上に覆いかぶさった。

「……さっきの言葉、取り消してくれるかい」

それから困ったような顔でそんなことを言う。

私はその少し情けない表情があまりにも愛しくて、仕方なく条件を出すことにした。

「キスしてくれたら考えるわ」

傲慢に言えば、ライアンが嬉しそうに笑い声を上げた。

「喜んで」

それからライアンが踊ってくれる可能性に一縷《いちる》の望みをかけて、ゆっくりと目を閉じた。

あとがき

お久し振りです。当麻《とうま》です。

一巻をお手に取ってくださった皆様のおかげで、無事に二巻を出すことができました。

また、二巻出版にあたりご尽力くださった担当さんにも感謝の気持ちでいっぱいです。

丸々一冊書き下ろしというのが初めてだったのでとても緊張しましたが、楽しんでいただけたでしょうか。

前巻は恋愛メインだったので、今巻はカフェのお話メインで書いてみました。メニューを考えるのが楽しかったです。食べ物のことを考えるとお腹《なか》が空《す》きますね。もしまた飲食店のお話を書く時があったら、もっと美味《おい》しそうな描写が書けるように精進したいです。

今回も担当してくださった茲助《ここすけ》先生のイラストが素晴らしく、特に食べ物がとても美味しそうで、表紙に食べ物を増やしてほしいというリクエストにも見事応えてくださいました。こんなカフェに行ってみたいです。

新しいキャラも出せて満足です。気に入ってもらえるキャラがいたら嬉《うれ》しいです。バイトの子たちをもっと掘り下げたかった気もしますが、一冊で終わらなくなりそうなのでやめました。

最後まで読んでくださり、誠にありがとうございました。

またどこかでお目にかかれましたら幸いです。

作品のご感想、
ファンレターを
お待ちしています

あて先

〒141-0031　東京都品川区西五反田 8-1-5 五反田光和ビル4階
オーバーラップ編集部
「当麻リコ」先生係／「茲助」先生係

スマホ、PCからWEBアンケートにご協力ください

アンケートにご協力いただいた方には、下記スペシャルコンテンツをプレゼントします。
★本書イラストの「無料壁紙」　★毎月10名様に抽選で「図書カード（1000円分）」

公式HPもしくは左記の二次元バーコードまたはURLよりアクセスしてください。
▶ **https://over-lap.co.jp/824004192**
※スマートフォンとPCからのアクセスにのみ対応しております。
※サイトへのアクセスや登録時に発生する通信費等はご負担ください。

オーバーラップノベルスf公式HP ▶ **https://over-lap.co.jp/lnv/**

めでたく婚約破棄が成立したので、自由気ままに生きようと思います 2

発　　行　２０２３年２月25日　初版第一刷発行
著　　者　当麻リコ
イラスト　茲助
発 行 者　永田勝治
発 行 所　株式会社オーバーラップ
〒１４１‐００３１
東京都品川区西五反田　８‐１‐５
校正・ＤＴＰ　株式会社鷗来堂
印刷・製本　大日本印刷株式会社

ISBN　978-4-8240-0419-2 C0093

【オーバーラップ　カスタマーサポート】
電　　話　０３‐６２１９‐０８５０
受付時間　10時～18時（土日祝日をのぞく）

使用人に虐げられるほど気弱な伯爵夫人ラムは、頭を打ったことで前世の記憶を思い出す。なんと、ラムの前世は伝説級の魔法使いだった！ 記憶とともに魔法の力も取り戻したラムは、快適生活のためさっそく行動を始めるのだが――――？

OVERLAP NOVELS f
秘めたる魔法の才を発揮して、
目指せ幸せ学園生活！
才能を隠してきた令嬢の
大逆転ファンタジー!!
あーもんど　ill. まろ
姉の引き立て役
に徹してきましたが、
今日で
やめます
優秀な姉の引き立て役として「平凡」を演じ続けてきた子爵令嬢・シャーロット。しかし学園入学後、姉に流されたデマをきっかけに孤立してしまう！　早くも平穏な学園生活が崩れ去るなか、他国の第三王子・グレイソンに真の実力を隠していることを見抜かれ……!?

OVERLAP NOVELS f
コミックガルドにて
コミカライズ!
売られた先では
大歓迎!?&大活躍!!
Fuyutsuki Koki
冬月光輝
illust. 昌末
完璧すぎて可愛げがないと
婚約破棄された聖女は
隣国に売られる
聖女であるフィリアは「完璧すぎて可愛げがない」と
第二王子・ユリウスに婚約破棄されてしまう。
さらには、お金と資源を対価に隣国へ新しい聖女として差し出されることに。
悲惨な扱いも覚悟していたフィリアだったが、そこでは予想外に歓迎されて——!?

第11回 オーバーラップ文庫大賞
原稿募集中!
イラスト:冬ゆき
キミが物語の王様
【賞金】
大賞…300万円
(3巻刊行確約+コミカライズ確約)
金賞……100万円
(3巻刊行確約)
銀賞………30万円
(2巻刊行確約)
佳作………10万円
【締め切り】
第1ターン 2023年6月末日
第2ターン 2023年12月末日
各ターンの締め切り後4ヶ月以内に佳作を発表。通期で佳作に選出された作品の中から、「大賞」、「金賞」、「銀賞」を選出します。
投稿はオンラインで! 結果も評価シートもサイトをチェック!
https://over-lap.co.jp/bunko/award/
〈オーバーラップ文庫大賞オンライン〉
※最新情報および応募詳細については上記サイトをご覧ください。
※紙での応募受付は行っておりません。